4
Sランク冒険者である俺の娘たちは
重度のファザコンで

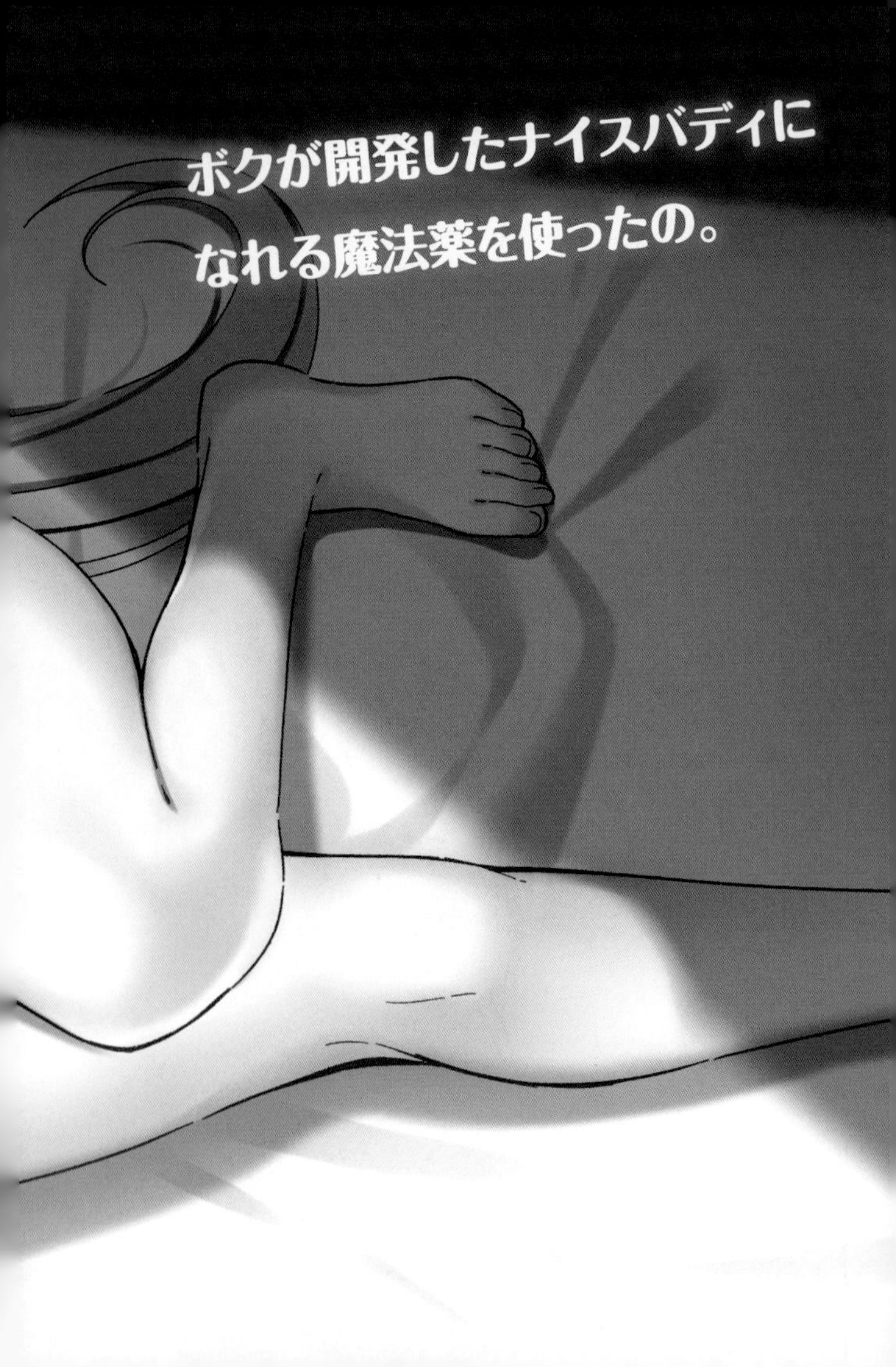
ボクが開発したナイスバディに
なれる魔法薬を使ったの。

「カイゼル。来てくれたのですね」
リリスはネグリジェに身を包んでいた。
ゆったりとしたフリルが、
優雅さを醸し出している。
普段の凍てついた印象は薄れ、
柔らかさを感じさせた。
ローシアル

メリル
どう？
ボクのこと大好きに
なってくれた？
リリス＝

Sランク冒険者である俺の娘たちは重度のファザコンでした 4

友橋かめつ

OVERLAP

CONTENTS

Illustration 希望つばめ

第一話

「――私は冒険者になりたいッ！」

王城の一室。

ヴァーゲンシュタイン王国の王女――プリム・ヴァーゲンシュタインは俺を真っ直《ます》ぐに見据えるとそう言い放った。

大人である俺としては子供の夢は否定せずに応援したい。

実際に娘たち――エルザやアンナやメリルがそれぞれ自分の夢を抱き、王都に発《た》つ時に俺は全面的に応援していた。

だが――。

「ダメです」

「なぜだッ!?」

まさか反対されるとは思っていなかったのだろう。

俺がそう一蹴すると、プリムは食って掛かってきた。

「子供の夢を応援するのが、大人というものではないのか!?」

「プリム様はこの国の王女ですから」

と俺は言った。

「それに冒険者になりたいと言うのは勉強からの逃避でしょう」

「そうだが？」

プリムはまるで悪びれた様子もなく言い返してくる。

「随分素直に認めましたね。いっそ清々《すがすが》しいくらいに」

俺は苦笑する。

「普通ちょっとくらいは取り繕うものでは？」

「王女たる者、国民に対して嘘《うそ》はつけないからな！　私は勉強したくない！　だから逃避するために冒険者になりたい！」

「前半の言葉は立派だけど、後半が立派じゃない……」

しかし、こうも堂々と言われてしまうと、何となく正しいことを言っているような気がしてくるから不思議だ。

ふとしたことからこの国の王女であるプリムと出会い気に入られた俺は、時々こうして彼女の家庭教師を務めていた。

勉強を見てあげたり、彼女の見識を深めるためという名目で、俺の冒険者としての経験を話してあげたりしていた。

すると、やけに食いついてきた。

王城暮らしの王女様には冒険者の日々は刺激的だったのだろう。いつしか会う度にその話を聞きたがるようになった。

「カイゼルよ、窓の外を見てみろ」

プリムは部屋の窓の前に立った。

彼女の見上げた視線の先には――雲一つない快晴。

目に染みるような青が広がっていた。

「どうだ。絶好の冒険日よりだとは思わないか？」

「思わないですね」

「こんな良い天気に部屋の中に籠もっているのは不健康だとは思わないか？　健全な子供であれば外に出るべきだとは思わないか？」

「思わないですね」

「…………」

「思わないですね」

「まだ何も言ってないだろうがッ！」

プリムはそう声を上げると、

「冒険したい冒険したい冒険したいーっ！　もうこれ以上王城で机に向かってるのは飽き飽きだーっ！」

床に寝転がり、両手足をバタバタと動かして猛抗議していた。

駄々っ子のようなその姿に、王族としての威厳は皆無だった。

「プリム様は王女ですから。将来国を背負って立つために、色々と学ばなければならないことがあるでしょう」

「やめろ！　家庭教師のようなことを言うな！」

「家庭教師ですから」

王女であるプリムには俺の他にも複数の家庭教師がついている。その人たちからも同じようなことを言われているのだろう。

「元はと言えばカイゼル、お前のせいなのだぞ」

「え？」

「お前が私に冒険譚《ぼうけんたん》を話したことで、私は冒険者に憧れを抱いてしまった。籠の中の白鳥に外の世界を見せてしまったから」

「白鳥？」

「私はただの鳥ではない、白鳥だ。王族だし、可愛《かわい》いからな」

プリムは自信満々にそう言い切ると、

「お前の話を聞いて私は憧れた。冒険者になれば勉強しなくていいし、毎日楽しく酒だけ呑《の》んで暮らしていけるのだと」

「だいぶ自分に都合の良いところを切り取ってますね」

苦労の部分が丸々抜け落ちていた。

俺は冒険者の良い面も悪い面も話したはずなのだが……。

王城での暮らしに嫌気が差していたプリムは、自由な冒険者に過度な憧れを抱き、美化してしまったということだろう。

プリムはずびしと俺を指さすと言った。

「カイゼル、お前には責任を取って貰《もら》う」

「と言うと？」

「私を冒険に連れていけッ！」

プリムはそう言い放ちながら、拝むように両手を合わせていた。

「言葉の威厳と動作が合ってないな」

王女である彼女がここまでするとは……。

よほど王城での勉強漬けの日々がこたえているのだろうか。

「まあ、他の家庭教師からはスパルタの指導をされているみたいだし。ここらで息抜きをして貰うのも良いかもしれないな……」

「おおっ!?　さすが、話が分かる！」

「ただ……」

「ただ？」

「俺の一存では決められませんから。ソニア様に相談してみます。女王陛下からの許可が降りればお連れしましょう」

「本当か!?」

「ええ」

勝手にプリムを連れ出すのは論外だ。王女である彼女の身に万が一何かあった場合、俺の首は飛ばされてしまう。

何もなくても、バレれば首は飛ぶだろう。

だから正式に外出の許可を取った上、絶対の安全を保障しなければならない。

とは言え——恐らく簡単な話ではないだろう。

王女である彼女を王都の外に連れだそうというのだ。護衛がいたとしてもそんな危険な真似《まね》に許可は降りないに違いない。

粘り強い交渉力が求められるだろうな……。

俺は来るであろうソニア女王との戦いに向けて気を引き締めた。


「——構いませんよ♪」

王城の最上階、王の間にて。

ヴァーゲンシュタイン王国の女王――ソニア・ヴァーゲンシュタインは俺が相談すると間を空けずにそう言ってきた。

いくつも交渉のカードを用意してきた俺は拍子抜けしてしまう。

「え？　いいんですか？」

そう尋ねると女王陛下――ソニア様はにこりと笑いながら、

「良いですよ～♪」

「王女を冒険に連れだそうとしてるんですよ？」

「そうですねぇ～」

「危険な目に遭うかもしれませんよ？」

「カイゼルさんが同行してくださるのでしょう？　それなら心配ありません。私としても安心して送り出せます」

ニコニコと陽だまりみたいに微笑《ほほえ》むソニア様。

凄《すご》く信頼を置いて貰っているらしい。

却《かえ》ってそれがプレッシャーになるのだが……。

「やった！　これで冒険に行けるぞ！」

外出の許可を得られたプリムはガッツポーズをしていた。

よほど嬉《うれ》しかったのだろう。

彼女の自信の表れのような白い歯をにっと覗《のぞ》かせると、威勢よく言い放った。

「母上！　私はドラゴンの首を持って帰ってくるからな！」

「あらあら。楽しみにしてますね～♪」

「いやいや！　そんな危険なところには行きませんから！」

ドラゴンが生息するとされるのは遠方の火山だ。

その過酷な環境は温室育ちのプリムにはとても耐えられないだろう。

というか、そもそも俺が守り切れない。

「カイゼル！　そうと決まれば、早速行こうじゃないか！　今日は後に伝説と語り継がれる冒険者のデビュー日になるぞ！」

おてんばな王女は未知の世界を前に奮い立っていた。

その様子を見ていた王の間の兵士たちは『王女様の子守り、頑張ってください……』と同情の眼差《まなざ》しを俺に向けてきた。

俺はそれを受けて苦笑いを浮かべる。

プリムに怪我《けが》をさせずに、良い思い出を作って貰えるよう全力を尽くそう。それが家庭教師としての俺の今回の仕事だ。

第二話

王城を出た俺たちは冒険者ギルドを目指し、大通りを歩いていた。

プリムをリーダーとしたパーティには俺とプリムの他にもう一人いた。

「すまないな。いっしょに来て貰って。騎士団の仕事もあるのに」

俺は隣を歩いているエルザに声を掛けた。

プリムと共に冒険に赴くにあたって、同行を願い出たのだ。

「いえ、私はプリム様の近衛《このえ》兵《へい》ですから。彼女をお守りするのが仕事です」

「そうか。俺だけだと、万が一があるかもしれないからな。エルザがいれば安心だ。頼りにしているぞ」

「そ、そうですか。父上に頼っていただけて光栄です」

エルザはそう言うと、

「……ちなみに、私以外には誰か声を掛けましたか？」

「いいや、エルザだけだが」

「なるほど」

エルザは澄ました顔を繕っていたが、

「……声を掛けたのは私だけ。つまり、私が父上に一番頼られている……！」とほんのり頬を上気させていた。

「どうした？　顔がニヤけているが」

「な、何でもありません！」

エルザは緩んだ顔を両手でパンッと叩《たた》くと、

「プリム様が同行されるのです。気を引き締めていきましょう」

「あ、ああ」

「私とカイゼルとエルザ——三人揃《そろ》えば最強のパーティだな。私たちに掛かれば倒せない敵などいないだろう」

プリムは今から目を輝かせていた。

部屋の机に向かっていた時とは別人のように元気だ。

「まずは装備を調えないとな」

「装備ですか？」と俺は尋ねた。「装備なら俺もエルザも万全ですが」

「お前たちのではない！　私のだ！」

プリムは腰に両手をあてがうと、むんと胸を張る。

「プリム様——戦うおつもりですか？」とエルザが尋ねる。

「当然だ！　バッサバッサと敵を倒すつもりだぞ？」

プリムはえいやっと掛け声をかけながら、剣を振る仕草を見せた。

彼女は現在、質素な布の服に身を包んでいた。それは以前、王城を抜け出してお忍びで市場を訪れた時に着ていたものだ。

これならパッと見は町娘に見える。高貴さは隠せないが。

だが、戦う服装では決してない。

「プリム様に戦闘は厳しいかと……」

「なぜだ？」

「危険というのはもちろんですが、装備はそれなりの重量がありますから。素人が扱うのは難しいと思います」

「大丈夫だ。私は腕立て伏せを三回できるからな。筋力には自信がある」と自信満々な顔と共に言い張るプリム。

「…………」

俺とエルザは何も言うことができなかった。

「す、凄いですね……」

やっとのことでエルザが絞り出した。

「ふっふっふ。そうだろう！」

プリムは満足そうに頷《うなず》いてみせると、

「ということで、私の装備を設《しつら》えにいこうじゃないか！　武器屋に向かうぞ！」

勢いよく踵《きびす》を返して武器屋に歩き出した。

そうして勢い込んで武器屋に来たは良いのだが――。

「う、動けない……！」

店主に着せて貰った鎧《よろい》を着込んだプリムはその場から一歩も動けないでいた。石化したかのように固まっている。鎧に完全に着られていた。

「プリム様、魔物が出ました」

俺は魔物との戦闘を想定して声を掛ける。

「その状態で戦ってみてください」

「ま、任せておけ！」

「目の前まで迫ってきました」

「ここは一旦、距離を置かなければ！」

プリムは目の前に迫ってきた魔物相手に、間合いを取ろうとする。

「うごご……」

だが、鎧の重量に勝てずに一歩も動けない。

何もできずにいるうちに――。

「あ。今、首を刎《は》ねられました」

俺は決着の言葉を口にした。

「ば、バリア！　私はバリアを張っていたから無効だ！」

と胸の前でバッテン印を作りながら主張するプリム。

まるで遊んでいる子供の言い訳だ。

いや実際に子供なんだが。

ただ、戦闘においては屁理屈《へりくつ》は通用しない。

「バリアを張っていたとしても、その重さでは移動できませんね」とエルザがやんわりとたしなめるように口にした。

「むう。店主、もう少し軽い鎧を持ってきてくれ」

「それが当店で一番軽いものです」

「そ、そうか。これが一番軽いものなのか……」

プリムはしばし啞然《あぜん》としていた。

一番軽い鎧ですら、全く着こなすことができずにいた。

「ま、まあ、防具は最悪なくてもいい。問題は剣だ」

思考を切り替えたらしい。

プリムはそう言うと、

「店主！　剣を持ってきてくれ！」

「は、はい」

店の奥に引っ込んだ店主は、やがて一本の剣を手に戻ってきた。

「こちらになります」

「うむ、ありがとう。――ふぎゃっ!?」

店主から手渡された剣を取った瞬間、プリムは重力の手に絡め取られた。

苦悶《くもん》の表情を浮かべたプリムは、剣を手に持つことさえできず、金属の剣先は床に吸引されたかのようにピクリとも動かない。

「な、なんだこの剣は……！　重すぎて持ち上がらないぞ……！」

んぎぎぎ……と歯を食いしばり、懸命に力を込めていたが、剣先を持ち上げられる気配はまるでなかった。

「プリム様、また魔物が現れました」

再び俺はプリムにそう呼びかける。

「正面から突っ込んできます」

「こ、今度こそ！　叩ききってやる！」

プリムは迫ってくる想像上の魔物を迎え撃とうと剣を持ち上げようとするが、迸《ほとばし》る想《おも》いに剣先は付いてこなかった。

　そうしている間にも魔物との距離は縮まっている。

　プリムは状況を打開するために魔物に対して声を上げた。

「た、タンマ！　話せば分かる！」

「今、首筋にかみつかれました」

「なぜだ！　待てと言ったろうに！」

「魔物に人語は通じませんから」と俺は苦笑した。「それに通じたとしても、獲物を前に攻撃を止めてはくれないでしょう」

「店主！　これは大剣じゃないのか？　もっと軽いのをくれ！」

「それがこの店で一番軽いスモールソードです」

「い、一番軽い……！」

　その言葉にプリムはショックを受けていた。

「カイゼル、エルザ、お前たちは普段、こんなに重いものを身につけていたのか？　鎧も剣も重すぎるだろ」

「まあそうですね」

「私たちの鎧や剣は、もう少し重量がありますけど」

「凄《すご》いな……」

　俺とエルザを尊敬の眼差しで見つめるプリム。

どうにもこそばゆい気持ちになるな。

「だが、このままでは生身のまま戦うことになってしまう。いくらつよつよの私でも、拳で魔物を倒せる自信はないぞ」

「でしたら、木剣はいかがでしょう？」

店主は鉄ではなく、木で作られた剣を差し出してくる。

「木剣？」

「模擬戦用ですから、通常の剣と比べると威力は格段に落ちますが。これならプリム様でも扱うことができるかと」

「おお！　本当だ！　これなら振れるぞ！」

プリムは受け取った木剣を振るうと、ぱあっと目を輝かせた。

速度は遅いしぎこちないが、扱うことは一応できている。

「ただこれはあくまで護身用ですから。魔物と戦うには心許《こころもと》ないかと」

「大丈夫だ！　力のある者は、道具を選ばないからな」

プリムは自信満々にそう言い切った。

力がないからこそ、木剣を選ぶことになったのでは？

その場にいた誰もがそう思ったが口に出す者はいなかった。

第三話

武器屋を後にすると、冒険者ギルドへと向かった。扉を開けて中に入ると、ギルド内は今日も冒険者たちで賑《にぎ》わっていた。

「おお……！　屈強な連中がたくさんいるぞ……！」

初めての冒険者ギルドにプリムは高揚しているようだ。

王城にいてはこの異様な熱気は味わえないだろう。

「カイゼル、見ろ！　昼間からろくに働きもせず飲んだくれている連中がいるぞ！　これが私の憧れた自由な冒険者というものか！」

「自由というか、これは自堕落ですね」

二階にある酒場では冒険者たちが白昼堂々、酒宴に興じていた。空になったジョッキがテーブルにいくつも並び、酔い潰れている者や、酒の勢いを借りてギルド嬢や酒場の女性店員にセクハラを仕掛けて冷たくあしらわれている者もいた。

王族として品行方正に生きてきたプリムにとってはさぞ刺激的な光景だろう。世の中にはこんな感じで生きている人間もいるのだ。

「酒と金と女……冒険者ギルドには男の全てがあるのだな」

プリムは興味深そうにしみじみと呟《つぶや》いていた。

すると――。

「おお、カイゼルさんにエルザさんじゃないっすか」

顔見知りの冒険者の男に声を掛けられた。

巨大な斧《おの》を背負った、筋骨隆々の戦士だ。

「今から任務っすか？」

「そんなところだ」

「アンナさんはカイゼルさん使いが荒いですからねえ」

冒険者の男はそう言って笑うと、

「ところでそっちのお嬢さんは？」

「私はこのパーティのリーダーだ！」

「リーダー？」

「いかにも！　私がカイゼルとエルザを率いている！」

プリムは、胸に手を置いてそう主張する。

「マジっすか？」

冒険者の男はこちらに視線を向けてくる。

「ああ」と俺は頷いた。「彼女は俺たちのリーダーだ」

「ええ」

エルザも俺に乗ってきた。

「ははあ。そりゃ凄《すげ》えや」

冒険者の男は感嘆したように呟いた。

「お嬢さん、大したもんだな」

「ふふん。まあな！」

褒められたプリムはまんざらでもない表情。

「だが、お前も中々のものだ」

「お褒めに与《あずか》り光栄です」

冒険者の男は仰々しく胸に手を置いてかしずいた。

すると、周りの冒険者たちが俺たちのやりとりを耳にしてざわついた。

「マジかよ……！　Aランク冒険者とSランク冒険者を従えるなんて――あのお嬢さんはいったい何者なんだ!?」

「分からん。だが、ただ者でないことは確かだ」

「おい見ろよ、木剣しか持ってねえぞ……!?」

「達人は道具を選ばないってことか……？」

目の前にいた冒険者の男は冗談だと理解していたようだが、人伝えに聞いていた者たちは鵜呑《うの》みにしてしまっていた。

情報というのは歪曲《わいきょく》して伝わるものなんだな……。

俺たちは冒険者ギルドの中央部へと向かう。そこには巨大な掲示板があり、任務の内容が記された紙がたくさん張られていた。

「この中から受けたい任務の張り紙を剝がして受付に持っていきます」

「おお……！　こんなにあるのか……！」

プリムは冒険へ向かうための切符群を前にワクワクしていた。

「聞こえるぞ……！　私に冒険して貰《もら》いたがっている依頼書の声が……！　決めた！　私はこれにする！」

勢いよく張り紙を剝がすと、受付に持って行った。

俺とエルザはその後を追いかける。

どういう任務なのか内容までは確認できなかった。

「カイゼルさんにエルザさんじゃないですかー」

受付には受付嬢のモニカがいた。僅かな隙を見つけてはサボる彼女だが、今日は珍しくちゃんと働いていた。明日は雨が降るかもしれない。

モニカはプリムを見ると、はっとした表情になった。

「もしかしてカイゼルさんの隠し子ですか？」

「人聞きの悪いことを言うな」

「あら、パパじゃない」

受付の奥にいたアンナがこちらに気づいて近づいてきた。なるほど、アンナの監視の目があったからモニカは真面目だったのか。

「エルザといっしょにどうしたの？　もしかして手伝いに来てくれたとか？　ありがたいけど今は余裕があるから大丈夫よ」

「今日は彼女の付き添いだよ」

俺が言うと、アンナは鼻息を荒くするプリムに視線を向けた。

「プリム王女じゃないですか」

「分かるのか？」

「そりゃね。ギルドマスターとして王城に伺った時に会ったことあるし。私、一度見た人は基本的に忘れないから」

さすが抜け目ないな。

「にしても、どうして王女がここに？」

「それが……」

俺はアンナに事情を説明する。

「なるほど。それでパパがお守《も》りをすることになったと」

「そんなところだ」

「これを頼む！」

プリムが依頼書を提出すると、受付嬢のモニカが困惑していた。あーとかえーっととか言葉を濁しまくっている。

アンナはプリムが差し出した依頼書を拾い上げた。視線を落とす。

「ブラッドオーガの討伐——Bランクの任務じゃない」

「うむ。私はこの冒険に繰り出すぞ」

「プリム様、この任務はBランク以上の冒険者——もしくはそれに相当する実績を持つ者のみ受注できるの」

「私は王女だから問題ないだろう」

「王女は強さの証明にはならないでしょ」

「権力はあるぞ。王族だからな」

「魔物は人間と違って忖度《そんたく》してくれないわよ」

アンナはプリムの出した依頼書を棄却すると、掲示板の方に歩いて行き、別の依頼書を手にしながら戻ってきた。

「そうね。この任務なら受けても大丈夫かしら」

「薬草摘み……？　地味だな。冒険感がないぞ。場所もすぐ傍《そば》の山だし」

「箱入り娘からすると、城の外は全部冒険よ」

「私はもっと派手な冒険がしたいのだが。たとえば死の灰が降り注ぐ火山で、世界の命運を賭けたドラゴンとの戦いとかな」

「そういうのは熟練の冒険者がするものだから。あなた冒険者ですらないし。そんな子を過酷な環境に送り込めるわけないでしょ。薬草摘みなら最低ランク——冒険者じゃなくても冒険者の同伴があれば誰でも受けられる」

「王女である私の命令だとしてもダメか？」

「へえ……。なに、脅そうっていうの？」

アンナの目がギラリと鋭い光を帯びた。ぐいとプリムに顔を近づけると、彼女の小さな額に人差し指を突きつける。

「冒険者ギルドにおいては、ギルドマスターである私こそがルール。王女様よりも私の方がえらいの。お分かり？」

「こ、こわ……」

アンナの眼光に照らされ、プリムは完全に気圧《けお》されていた。蛇に睨《にら》まれたカエルのように萎縮してしまっている。

「危うく漏らしてしまうかと思った……。王女の私をビビらせるとは、カイゼル、お前の娘はただ者じゃないな」

「うちで一番強いのはアンナですからね」

俺もエルザもメリルもアンナには頭が上がらない。彼女が我が家の影の支配者だ。財布のひもも握られていることだしな。

「しかし薬草摘みか。お言葉ですが、冒険と呼ぶには物足りないな……」

「プリム様。真の冒険者とは場所を選ばないものです。ありふれた場所でも探究心さえ忘れなければ冒険たり得ます」

「……なるほど。言われてみればそうかもしれないな。探究心さえあれば、どこであろうと冒険になりうるわけか」

「その通りです」

「むしろ冒険っぽいところで冒険するのは二流。冒険っぽくないところで冒険してこそ真の冒険者と言えるのではないか」

プリムはうんと納得したように頷《うなず》くと、

「よし決めた。私はこの任務を受けるぞ！」

「さすがです、姫様」

「パパ、上手《うま》いこと丸め込んだわね」

「カイゼルさんにはペテン師の才能がありますねえ」

アンナとモニカがぼそりと呟いていた。

確かに言いくるめた感は否めないが——嘘《うそ》というわけではない。探求する心さえあればどこであろうと立派な冒険だ。

遠巻きに俺たちの様子を眺めていた冒険者たちは再びざわついていた。

「あれだけのメンバーがいて受けたのがただのFランク任務？　どういうことだ？」

「あれはFランク任務に見せかけた超高難易度の任務なんじゃないか？　火であぶると本当の依頼書が現れるんだ」

「マジかよ……！」

そんなわけない。ただの薬草摘みの依頼書だ。

火であぶっても普通に灰になるだけだろう。

妄想混じりの解釈を繰り広げる冒険者たちを尻目に、陰謀論というのが世の中に蔓延《はびこ》る理由が少し分かった気がした。

第四話

薬草摘みの任務を受けた俺たちは、王都のすぐ傍にある山にやってきた。

「おお……！　木がたくさんあるぞ……！」

プリムは目の前に広がる緑の海を前に興奮していた。

彼女が夢想していた火山や雪原には遠く及ばないが、王城暮らしの身にとっては近所の山であっても充分刺激的だったらしい。

「プリム様、喜んでくださってますね」

「そうだな」

「カイゼル！　エルザ！　こっちに薬草が生えているぞ！」

先を歩いていたプリムが俺たちに手を振ってくる。ぶんぶんと大きく振られた手は、彼女のはしゃぎようを表していた。

「それに巨大なキノコも生えている！　凄《すご》く肉厚で美味《おい》しそうだ！　持って帰れば母上も喜んでくれるかもしれん」

「巨大なキノコ？」

何となく嫌な予感がした次の瞬間だった。

プリムの背後にぬうっと影が浮かび上がった。

大人の背丈と同じくらいの巨大なキノコ――。

その幹の上部に赤い目が光っていた。

あれはただのキノコじゃない！　キノコの形をした魔物だ！

胞子を撒《ま》くことで獲物を麻痺《まひ》させ、動けなくなったところを捕食する――キノコの魔物は今まさに胞子を撒こうとしていた。

「――マズい！」

俺は剣を構えると、地面を蹴り飛ばして加速する。

敵との間合いを一瞬にして詰めた。

キノコの魔物が反応した時には、すでに俺は剣を振り抜いた後だった。バターにナイフを入れるかのように真っ二つにする。

斬り伏せた魔物は、すでにただの巨大なキノコになっていた。

「おおー。凄いな」

プリムは感心したように拍手してきた。

「プリム様、この辺りには魔物が生息していますから。俺たちの傍にいてください」

「心配しすぎだ。私だってちゃんと戦える。次に魔物と出くわした時には、私の剣の腕前をとくと見せてやろう」

「危険です。俺たちに任せてください」

「嫌だ！　せっかく木剣を持ってきたのだ！」

「しかし――」

「うるさいうるさーい！　戦うったら戦う！」

「父上、プリム様は一度言い出したら聞きませんから」

「うーん……」

エルザはこれまでに近衛兵《このえへい》として振り回されているから分かるのだろう。こうなったら何を言っても聞いてはくれないと。

魔物と出くわさないことを祈るしかないな……。

だが、出くわさないで欲しいと思った時に限って、出くわしたりするものだ。悪い予感は早くも的中してしまうことに。

プリムの目の前に先ほどと同じキノコの魔物が現れた。

「ふふん、とうとう来たか。私の初陣が！」

プリムは手に持っていた木剣を勢いよく構えた――のだが、剣の心得がない素人のためまるで構えがなっていない。隙だらけだ。

キノコの魔物も相対《あいたい》するのが冒険者ではなく、ネギを背負った鴨《かも》だと分かるのか、余裕の雰囲気を醸し出していた。

捕食するのは楽勝だと思っているのだろう。

もう食べることを考えて、よだれが出ている。

実際、プリムがこのまま挑めばそうなるのは間違いない。

だが、思い通りにさせるわけにはいかない。

――彼女に手を出そうものなら、ただじゃおかないぞ。

その思いを込めて俺とエルザは魔物に睨みを利かせる。

――ここで退《ひ》かないと、地獄を見ることになるがそれでもいいのか？

「……！」

キノコの魔物はプリムの背後から放たれる俺たちの殺気に気づくと、まるでドラゴンを前にしたかのように萎縮する。

くるりと踵《きびす》を返すと、その場から逃げ出した。

キノコとは思えない機敏な足取りだ。

というか走ることができたのか……。

「おお！　魔物が逃げていくぞ！」

プリムはその姿を見て歓声を上げた。腕組みしながらどや顔を浮かべる。

「ふふん、さては私の迫力に恐れをなしたな？」

そうじゃないが……まあいいか。

その後も何回か魔物が現れたが、威嚇で追い払ったり、プリムの注意を逸《そ》らしている間に風魔法を放って退かせた。

「これは普通に戦うよりずっと気疲れするな……」

「はい……」

俺もエルザも神経をすり減らしていた。

介護しながらの戦闘というのは、自分一人だけで戦っている時とは比べものにならないほどの気を遣わなければならない。

何せプリムはこの国の王女なのだ。擦り傷一つも負わせるわけにはいかない。そうなると俺たちの首が飛んでしまう。

――と、その時だった。

「あれ？　プリム様はどこに？」

「え？」

気が抜けていたのだろう。

エルザに言われて見ると、プリムの姿は忽然《こつぜん》と消えていた。辺りを見回し、何度も呼びかけてみるが反応はない。

「父上、これは……」

青ざめたエルザの言葉の先は続けずとも分かった。

——これはマズいことになった。


「ふっふっふ。無事に撒けたようだな」

カイゼルたちの目を盗み、プリムは山の奥地へと足を踏み入れていた。

人目を盗んで抜け出すのは、王城から外に出る時に散々してきたから慣れていた。脱走の才能があるのかもしれない。

カイゼルたちに不満があるわけではなかった。

むしろここに連れてきてくれたことは感謝している。

だが、やはり庇護《ひご》の下では真の冒険とは言えない。

自分一人の力で成し遂げてこそ冒険というもの。

「今、私はまさに冒険している！」

プリムの目には景色全てが光り輝いて見えた。

冒険をしているという高揚感に浮かされて、ミュージカルのように歌って踊りながら山の中を軽快に進んでいった。

「——お？　ここはどこだ？」

そして気づいた時には道に迷ってしまっていた。

背丈の高い木々に囲まれ、日の光は届かず鬱蒼《うつそう》としている。

黒々とした土に、漂う空気はひんやりと冷たい。

不穏な雰囲気に導かれるように、目の前の茂みから狼《おおかみ》の魔物が姿を現した。獰猛《どうもう》な金色の瞳はプリムを舐《な》めるように見据えている。

「ふふん、冒険者らしくなってきたな」

プリムはまるで臆することなく、木剣を構えた。

「魔物の一匹程度、私が華麗に成敗してやる！」

狼の魔物はおおんと森全体に響くような雄叫《おたけ》びを上げた。

――すると次の瞬間。

四方八方から仲間の狼たちがプリムを取り囲んだ。

「い、一匹も十四もそう変わらんし……」

ちょっとヤバいなと思いつつも、強気を崩さないプリム。

なぜなら彼女には先ほど、魔物たちを追い払った成功体験があった。

「言っておくが、私は強いぞ。他の魔物たちは臆して逃げていった。お前たちも退いた方が利口だと思うがな」

プリムは狼たちを前に不敵な笑みを浮かべてみせると、

「――やっ！　はあっ！」

と威嚇するように素振りを披露した。

本人的には音を置き去りにするほどの一撃のイメージだったが、実際にはまるで腰の入っていないへロへロの素振りだった。

当然、狼たちが気圧《けお》されるはずもない。むしろ獲物を前によだれを垂らしていた。

「い、良《い》いだろう。相手をしてやる。後悔するなよ！」

先ほどの魔物たちとは違う反応に「あれ？　おかしいな……」と思いつつも、狼たちは引くに引けないのだろうと結論づけるプリム。

取りあえず一匹倒せば、後の群れも逃げていくに違いない。そう目論《もくろ》み、目の前にいた個体に一撃をお見舞いしたのだが――。

パクッ。

振り抜いた木剣は、狼の口に白刃取りされた。

「あれ……？」

ぺっと狼が吐き捨てた木剣は、遥《はる》か彼方《かなた》へと投げ出される。

丸腰になったプリムは、ようやくそこで自分の置かれた状況を理解した。

これはもしかしてピンチなのでは？

その瞬間――足先からつむじまで一気に恐怖が駆け上ってきた。

「か、カイゼル！　エルザ！」

堪《たま》らず呼びかけてみるが、声が返ってくることはない。

当然だ。

彼らを撒いたのは他でもない自分なのだから。

丸腰になったプリムを喰《く》らおうと、狼が飛びかかってくる。

「――くっ！」

勝手に一人で行動するんじゃなかった――。

後悔の念と共にプリムがその場にしゃがみ込み、頭を抱えた時だった。

背後から一陣の風が吹き抜けたかと思うと、プリムに爪を突き立てようとしていた狼の腹部が大きく切り裂かれた。

あんなに強かった狼をたった一撃で……。

大きな背中がプリムを守る盾としてそびえていた。

「――プリム様に少しでも傷をつけてみろ。群れごと根絶やしにしてやる。仲間を守る気があるのなら今すぐ退け」

カイゼルがドスの利いた声を発すると、狼の群れは一斉に萎縮し、借りてきた猫のように威勢を失ってしまった。

これは……私が魔物たちを退けた時と同じ反応だ。

その時、プリムは気づいた。

そうか――私の強さに恐れをなして魔物たちが逃げていったわけじゃない。カイゼルとエルザが追い払ってくれていたのか。

狼の群れはカイゼルたちを前にして力の差を悟ったのだろう。戦意を失った彼らはふっと視線を切ると、森の奥へと帰って行った。

プリムはその後ろ姿が完全に見えなくなるまで眺めていた。

狼の群れを追い払った後、俺が振り返ると、プリムは項垂《うなだ》れていた。

「すまない……」

今にも泣きそうな表情の彼女は、そう小さく呟《つぶや》いた。

「魔物たちを追い払ってくれていたのは、お前たちだったんだな。私はそれに気づかずに一人で舞い上がってしまった」

それに、と彼女は続けた。

「私が先走ってしまったせいで、心配を掛けてしまった」

俯《うつむ》きながら、蚊の鳴くような声で、しかし自省の言葉を述べる。

その姿を目の当たりにした俺は思わず感心した。

自分が至らなかった点を洗い出し、すぐにそれを認めて反省する。大人でもそう簡単にできないことを、彼女はあっさりやってのけた。

――立派な王女の器じゃないか。

「プリム様」

「なんだ？」

顔を上げたプリムの額に、俺はデコピンを喰らわせた。

「いだっ！　な、何をする!?」

「言いつけを守らなかった罰です」

「私たち、とても心配したんですから」

とエルザが言った。

「いやお前、私は王女なのだが……」

「俺は家庭教師ですから。叱る時はちゃんと叱ります」

「……まあ、私の身に何かあればお前たちの首も飛ぶだろうしな。私がいなくなった時にはさぞ慌てたことだろう」

「プリム様」

「なんだ？」

顔を上げたプリムの額に、再びデコピンを喰らわせた。

「な、何をする!?」

「どうやら思い違いをされていたようだったので」

「思い違い？」

プリムが尋ねると、エルザが頷《うなず》いた。

「私たちは保身のためにプリム様を心配していたわけじゃありません。プリム様のことを大事に思っているからです」

「そ、そうなのか？」

「もちろんです」

と俺は頷いた。

「王女様に向かってこのようなことを言うのはおこがましいと承知の上で言います。俺はあなたを娘のように大切に思っています」

俺がそう言うと、プリムはみるみるうちに赤面した。

「……そ、そうか。殊勝な心がけだな」

とプリムは呟いた。

「母上以外からそんなふうに言って貰《もら》えたのは初めてだ……」

もしかすると、彼女は今まで王女故に腫れ物扱いされていたのかもしれない。王女としての自分しか見てくれる人がいなかった。

「だったら、なおさらすまなかった」

プリムは改めて俺たちに頭を下げてきた。

俺はプリムを安心させるように、ふっと微笑《ほほえ》みかけた。

「分かってくだされればそれで構いません。謝ることができるのは立派です。今回の反省を次に生かしましょう」

「……………ああ」

プリムはこくりと小さく頷いた。

「では薬草を摘みに行きましょうか」


指定された量の薬草を摘み終えた俺たちは、冒険者ギルドへと引き返すことに。

冒険者ギルドに辿《たど》り着き、無事に任務を達成する。

諸々《もろもろ》の手続きを終え、報酬の入った麻袋を手にプリムの下に戻ると、彼女はテーブルに突っ伏したまま眠っていた。

俺とエルザは顔を見合わせると、笑みを浮かべる。

「今日はたくさん歩いていましたから。疲れたのでしょう」

「そうだな」

プリムをおんぶすると、起こさないように王城まで送り届けることにした。すうすうと寝息を立てる彼女は良い夢を見ているだろうか。

第五話

後日。

俺とエルザはソニア様に王城に呼び出された。

「お二人とも、先日はありがとうございました〜」

玉座に座るソニア様は今日も陽だまりみたいにニコニコしていた。

相対する者の心を解きほぐすような微笑みである。

「初めての冒険、プリムはとっても楽しかったみたいです。帰ってきてからずっと、その時のことばかり話ずんです」

「それはよかったです」

「お二人に褒美を取らせねばなりませんね」

ソニア様が手を打ち鳴らすと、騎士がさっと姿を現した。

パンパンに詰まった革袋を差し出される。

「どうかこれを」

袋の口から溢《あふ》れそうなほどの金貨が覗《のぞ》いていた。

隣にいたエルザがぎょっとした表情を浮かべるのが伝わってくる。

「いえ。受け取れません」

「そう遠慮なさらずに」

「家庭教師ですでに充分な報酬は頂いていますから。それにプリム様と出かけた時間は俺にとっても楽しい時間でした。お金に換えるわけにはいきません」

「うふふ。そうですか」

ソニア様はどことなく嬉《うれ》しそうにそう言うと、騎士を下がらせた。

しかしこの人、隙あらば褒賞を与えようとしてくるな……。

「それよりカイゼルさん、聞きましたよ」

「はい？」

「プリムを娘のように思ってくださってるんですってね」

「も、申し訳ありません」

プリムはそこまで母親に話していたのか……。

この国の王女を自分の娘のように思っているなどおこがましい。

不敬だとそしりを受けても仕方ない。

俺は頭を下げて謝罪した。

「いえいえ～。むしろ私は嬉しく思っています。あの子を大切に想《おも》ってくださっているということですもの～」

ソニア様の声の調子は、綿のようにふわふわとしていた。

どうやら怒ってはいないらしい。

というか、この人が怒ることはあるのだろうか？　想像がつかない。

「あの子もカイゼルさんを父親のように慕っているようですし～。私以外の人に懐くことなんて今までありませんでしたから」

ソニア様はそう言うと、ふと思いついたかのように、

「そうだ。いっそ本当の父親になってくださいませんか？」

「えっ？」

「カイゼルさんは現在、ご結婚はされていないのですよね？」

「ええ、まあ」

「娘さんも立派に自立されていますし、ちょうどいいと思うんです。私と結婚してプリムの父親になってくださいませんか？」

「「ええっ!?」」

俺もエルザも思わず声を上げてしまった。

結婚!?　この国の女王であるソニア様と!?

冗談で言っているのか？

ソニア様はそういうことを言うタイプだったか？

どっちなのか判断がつかない。

「やっぱり子持ちのおばさんは嫌でしょうか……？　そうですよね。どうせ結婚するなら若くて綺麗《きれい》な子の方が良いですよね……」

「そ、そんなことは！」

俺は即座にフォローを入れた。

「ソニア様はとても若々しく、お美しいです」

「そうですか～？」

「もちろんです！」

「じゃあカイゼルさん、私、いくつに見えますか～？」

「え」

何かいきなり面倒臭いことを言い出した。

女性の年齢当て――それは世界一不毛なクイズだ。

「うふふ。お答えください♪」

「………………」

他の女性に尋ねられていたら適当に答えていただろうが、相手は女王だ。返答を誤れば俺の首が飛びかねない。

こういった場合は予想した年齢よりも低く答えるのが良いと聞いた記憶がある。

ソニア様がプリムくらいの年頃の娘がいることから考えても、実年齢は恐らく三十代の前半から半ばくらいだろう。

なら、二十代半ばと答えるのが正解か？

実際、ソニア様はとても若々しくて綺麗だし。

よし、二十代半ばと答えることにしよう。いやでも、相手は女王陛下だ。その分の忖度《そんたく》を含めるとするならば――。

「じゅ、十代に見えます」

「父上、それはさすがに……」

隣にいたエルザが見かねたというふうに呟《つぶや》いた。

口にしてから、俺もさすがにやりすぎたと思った。二十代ならまだしも、十代に見えるというのはさすがにムリがある。

おべんちゃらが過ぎると、却《かえ》って反感を買っても仕方ない。

それに十代というのは幼すぎて見えるということだし、国を治める女王陛下に対しては侮辱と取られかねない。

これは失敗してしまったかもしれない――。

「うふふ、そうですか～？」

しかし、ソニア様はまんざらでもない様子だった。頬に手をあてがい、ニコニコと満面の笑みを浮かべている。

「実はここだけの話、学生時代の制服をこっそり部屋で着たりしてるんですー。まだまだ学生でも通用するなって思ってたんですよ～♪」

そんなことしてたのか……。

周りにいた兵士たちも若干引いているように見えた。

だが、結果的に正解の選択肢を引き当てることができてよかった。

ソニア様は明らかに先ほどよりもご機嫌になっていた。鼻歌を口ずさみ、今にもスキップでも始めそうな勢いだ。

「カイゼルさん、返事をお聞かせいただけますか？」

「あの、そもそもソニア様は俺と結婚することに抵抗がないのですか？　いくら娘のためとは言ってもそれは……」

「私はカイゼルさんのこと、気に入っていますから♪」

抵抗ないみたいだった。

「私の夫――そして王としてこの国をよりよい国にしていきましょう♪」

「光栄な話ですが……俺には王族という肩書きは荷が重すぎます」

「では、私のヒモになるというのはいかがでしょう？　カイゼルさんは何もせず、プリムの子育てに専念してください♪」

「それもちょっと」と俺はやんわり辞退した。「というか、プリム様の父親がヒモというのは教育上よろしくないのでは……？」

「反面教師にはなりますから～」

「できれば家庭教師のままいさせていただきたいです。プリム様の父親代わりであれば、今の立場でもできますから」

「そうですか～。残念です」

ソニア様はようやくそこで納得してくれたみたいだ。

危ないところだった。

うっかり頷《うなず》いていたら、俺はこの国の王になっていた。

「私との再婚の話は一旦保留にしておくとして、お聞きしたいのですが、カイゼルさんはご結婚するつもり自体はおありですか？」

「いえ。特に考えたことはありませんが」

「でしたら、ちょうど良い機会ですから、考えてみてください～」

「というと……？」

「もうお子さんたちも立派に自立したことですし。この辺りで自分自身の幸せを追い求めてもいいと思うんですよ～♪」

「随分と俺のことを気に掛けてくださるのですね」

「国民の幸せは女王である私の幸せでもありますから～」

それに、と頬に手をあてがいながらソニア様は言う。

「カイゼルさんにはずっと王都にいて欲しいですから。結婚して家庭を持てば、ここに根を張ることになるでしょう？」

なるほどそういうことか。

「カイゼルさんはとっても優秀な方ですから。いなくなってしまうと、王都は大変なことになってしまいます～」

ソニア様の目的としてはこちらが本命なのだろう。

別に俺は王都から出ていくつもりはないのだが……。

まあ、独身である以上、いつでも他に移り住むことはできる。

娘たちも自立していることだしな。

ソニア様は俺にこの国の人間と結婚して貰《もら》い、王都に根を張ることで、人材の流出を防ぎたいということなのだろう。

「どうでしょう？　結婚に向けての婚活をするつもりはありませんか？」

婚活か――。

興味があるかないかで言うと、ない。

昔からずっと結婚するつもりはなかった。

冒険者稼業は常に死の危険と隣り合わせだから、大切な人を作ってしまえば、その人を悲しませることになるかもしれない。

冒険者を引退し、娘たちを拾ってからは、育児で精一杯だった。ようやく落ち着いた頃には俺もいい年になっていた。

誰かと結婚するなんてこと、考えたことはなかった。

「カイゼルさんが結婚すれば、娘さんたちも喜んでくれると思いますよ。カイゼルさんも自分の人生を歩みましょう」

自分の人生か――。

俺は以前、娘たちの夢が叶《かな》うのが俺の夢と口にしたが、それは翻すと俺の人生は娘たちに依存しているとも言える。

俺は娘たちを心から愛しているし、夢が叶って欲しいと思っているが、それだけを夢にするのは不健全かもしれない。

俺には俺の人生が、娘たちには娘たち自身の人生がある。

自立しなければならない。

それにソニア様から直々に勧められているのに無下にはできない。それくらいの礼儀は弁《わきま》えているつもりだ。

だから、軽い気持ちで答えた。

「それもいいかもしれませんね」

前のめりな返事というわけではなかった。

良い人がいれば、というくらいのノリだ。

そもそも子持ちのおっさんと結婚したいという女性がいるとは思えないし。

しかし――。

「まあ、そうですか！」

ソニア様はことのほか前のめりだった。

俺から言質を取ったとばかりに嬉《うれ》しそうに両手を合わせると、ぱあっと明るい微笑《ほほえ》みを浮かべながら言った。

「うふふ、任せておいてください。私が指揮を執り、この国を挙げてカイゼルさんの婚活をサポートしますから♪」

えっ？　国を挙げてって……。

いったい何をするつもりなのだろう……？

やがて俺は彼女の言葉の意味を知ることになる。

第六話

それから数日間、特に何事も起こることはなかった。

ソニア様のあの言葉は何だったのだろう……？　まあ忘れているのなら、その方がこちらとしても助かるのだが……。

朝の日課である鍛錬を終え、俺が朝食を作っている中――。

娘たちもそれぞれ自分の日課をこなしていた。

エルザは鍛錬終わりにシャワーを浴び、髪を乾かしていた。

メリルはまだ布団の中ですやすやと寝息を立てていた。これ以上寝ていたら遅刻確定になるという寸前まで絶対に起きてこない。

そしてアンナは――王都中から取り寄せた新聞を読んでいた。

ギルドマスターである彼女にとって情報収集は欠かせない。

紅茶を片手に紙面へ目を落とす彼女は、どんな大事件の記事を読もうが、顔色一つ変えずに涼しい面持ちを崩さない。

情報収集に感情を交えない――。

その横顔は優雅で、気品があった。

今日もそのはずだったのだが——。

「——ぶふうっ！」

王都一の発行部数を誇る新聞——その一面記事を目の当たりにしたアンナは動揺から口に含んでいた紅茶を噴き出した。

「ど、どうしたのですか⁉」

慌てたエルザがアンナの下へ駆け寄る。

「げほっ、ごほっ……！」

アンナは咳《せ》き込んでいた。

エルザがテーブルに落ちた紅茶の水滴を拭きながら言う。

「アンナがこんなに動揺してるところなんて見たことがありません。もしかすると王都にとんでもない事件が起きたのでは……」

エルザ曰《いわ》く——王都を揺るがすような大事件が起こったとしても、彼女は決して感情を露《あら》わにしたことはないのだとか。

そのアンナが尋常じゃない動揺を見せていた。

となると——。

何か緊急事態が起こったのではと疑いたくもなる。

「ふう……むせて倒れるかと思ったわ」

エルザに背中をさすられて、アンナはようやく平静を取り戻したようだ。

「アンナ、いったい何があったのですか？」

エルザがそう尋ねると、

「パパ、エルザ、そこに座って」

アンナは俺たちに着席を求めてきた。

言われるがまま対面へと座る。

「パパ。これについて説明して貰えるかしら」

アンナはそう言うと、先ほど読んでいた新聞を差し出してきた。

「「えっ!?」」

王都一の発行部数を誇る新聞——紅茶の染みが残る一面にでかでかと書かれた見出しを目にしたエルザは同時に声を上げていた。

そこに書かれていたのは——。

『カイゼル・クライドの結婚相手を大募集します！』

という大々的なコピーだった。

……ここに書かれたカイゼル・クライドというのは俺のことだろうか？　同姓同名なだ

けの別人ではないだろうか？

どうかそうであって欲しい。

しかし見出しの後に続くプロフィールは俺のものだったし、そもそもはっきりと俺の顔写真が掲載されていた。

これは間違いなく俺のことを書いてあった。

「父上、これは……」

「ソニア様の差し金だろうな」

間違いない。掲載された俺の顔写真の下に『提供、ソニア・ヴァーゲンシュタイン』と記されていたから。

俺が婚活に対して『いいかもしれませんね』と答えたのを聞いたソニア様は、新聞社に記事を掲載するよう根回ししたのだろう。

王都一の発行部数を誇る新聞の一面だ。

かなりの数の市民たちがこの記事を目にすることになる。

彼らに『カイゼルは婚活しようとしてるのか』と認知させることで、俺が婚活せざるを得ない方向に仕向けようとしているのだ。

もしかすると名乗りを上げる女性が出るかもと思っている可能性もある。

というか、載せるにしても一面にするのは止《や》めて欲しい……！

お堅い経済や王都の事件のニュースを押しのけての『カイゼル・クライドの結婚相手を大募集します！』の見出しはあまりにも浮きすぎているから。

「パパ、婚活しようとしてたの？」

「いやこれはだな……」

アンナにジト目で見つめられていると――。

「え――――っ!?　パパ、結婚するの!?」

結婚という言葉に反応してか、ぐっすり寝ていたはずのメリルが跳ね起きてきた。次の瞬間には俺の下に駆け寄ってくる。

「どういうこと!?　誰と!?　ボクと!?」

「いつもは何をしても起きないのに、今日に限って起きてきたな」

「パパが結婚するって聞こえてきたんだもん！　寝てなんていられないよ！」

メリルはぐいと顔を近づけてくる。

「相手は誰!?　ボク以外の女の子との結婚なんて認めないよ!?　その子にボクが直接話をつけてくるから！」

「待て待て！　落ち着いてくれ」

俺はメリルの両肩を摑《つか》むと、距離を離そうとする。

しかし、メリルは食って掛かるように抵抗しながら迫ってこようとした。

俺に迫ろうとするメリルと、それを離そうとする俺。

押し相撲のような形になる。

「アンナ、メリルを止めてくれ」

「まずは事情を話してからね」

本来ならストッパーとなるはずのアンナは機能していなかった。

それどころか——。

「エルザ、メリルを止めてくれ」

「は、はいっ」

「エルザ！　余計なことしない！」

「は、はいっ」

助太刀に入ろうとしたエルザを一喝し、その場に縫い付けてしまう。

これはまずちゃんと説明する必要がありそうだ……。

「誤解なんだ」

と俺は弁明するように言った。

「まずメリル、今の俺に特定の結婚相手がいるわけじゃない」

「……そうなの？」

「ああ」

俺は頷《うなず》いた。

「次にアンナ。俺が自ら新聞に結婚相手募集の告知を打ったわけじゃない。これはソニア様が行ったことなんだ」

「ふうん」

とアンナは呟《つぶや》いた。

「まあパパは誠実だから嘘《うそ》はつかないだろうし。もしついていたとしても、私は一発で看破できるだろうから本当ね」

「そんなことができるのか？」

「日頃から耳にタコが出来るくらい冒険者連中の嘘を聞いてるから。自然と嘘をついてる人は見破れるようになったの」

いつの間にそんなスキルを。

強くたくましく育ったんだな……。

「でも、どうしてソニア様がパパの婚活を後押しするの？」

「それが……」

とエルザが俺とソニア様のやりとりを説明する。

「なるほど。パパを王都に留《とど》めておくためにね」

アンナが呆《あき》れたように言った。

「今の王都にとって、パパがなくてはならない存在なのは確かだけど。まさかパパの婚活の後押しをしようとするとは……」

「別に王都を出るつもりはないんだがな」

娘たちもいることだし、ずっとここに住み続けるつもりだ。

だが、王都中の人間に結婚相手を募集していると知られた恥ずかしさから、今はむしろ国外逃亡したい気分になっていた。

ソニア様の施策、逆効果なのでは……？

「でもよかったー。パパが他の女の子と結婚するんじゃなくて」

メリルはホッとした顔になると再び俺に迫ってきた。

「待ってくれ。誤解が解けたのにどうして迫ってくるんだ？」

「それはそれとして、チューしようと思って♪」

「エルザ、止めてあげて」

「はい」

そこでようやくエルザが止めに入った。俺に抱きついたメリルを引っ剝《ぺ》がすと、近くの椅子にちょこんと座らせる。

どうにか娘たちの誤解を解くことはできた。

だが、王都の人たちには今も誤解されたままだろう。そのことを考えると、外に出るのが怖くなってきたな……。

その後──。

王都を歩いていると案の定、道行く人たちから注目を浴びた。

どうやら予想以上に記事を目にした人は多かったらしい。けれど皆も大人だから、直接声を掛けてくるようなことはなかった。

直接声を掛けてきたのは冒険者ギルドの受付嬢のモニカだけだ。

モニカは通りで俺とすれ違うなり、踵《きびす》を返して駆け寄ってくると、ニヤニヤと好奇心全開の表情を浮かべながら──。

「カイゼルさん見ましたよー。結婚相手募集してるらしいじゃないですかー。私、立候補しちゃおっかなーなんて。ほら、カイゼルさんと結婚したら、アンナさんが義理の娘になるわけじゃないですか？　それ凄《すご》く面白いと思うんですよね。職場では上司だけど、家庭では立場が逆転するみたいな。大好きなパパを私に取られてぐぬぬと歯噛《はが》みするアンナさんの表情絶対可愛《かわい》いと思うんですよねー」

と捲《まく》し立ててきたものだから適当にあしらった。アンナの面白い反応が見たいって理由だけで俺と結婚しようとするなよ。身体《からだ》張りすぎだろ。

王都の人たちから好奇の目で見られるのは恥ずかしかった。

だから、冒険者として任務に赴いている時は心が安らいだ。

王都を出れば視線の矢の雨に穿《うが》たれることはないし、同行しているレジーナとエトラはもう十年来になる気心の知れた仲間だ。

浮世離れした彼女たちは恐らく記事を読んでいないだろうし、もし読んでいたとしても関心を抱いたりはしないだろう。

俺たちの間にそういった感情は介在しないのだから。

……たぶん。

「カイゼル！　突っ込んでくるわよ！」

背後から飛んできたエトラの掛け声に意識を引き戻される。

「ブルォン！」

前方からは、鋭い牙を持った猪《いのしし》の魔物が突っ込んでくる。

俺たちは今、王都近隣の村にある森林にいた。

村の畑を荒らす、大槍《おおやり》のような鋭い二本の牙を持つ猪の魔物――ランスファンゴの群れを掃討するのが今日の任務だった。

他に引き受けられそうな冒険者がいないからと、アンナに頼まれた。

それ故に――現在俺たちはランスファンゴの群れと対峙《たいじ》していた。

ランスファンゴの群れの掃討任務はDランク。

俺たちのパーティ——Aランク冒険者二人に賢者と称される魔法使い——にとっては苦戦することもない難易度だ。

大気を裂いてのランスファンゴの突進を見切ると、俺はその場で高らかに跳躍し、敵の弱点である額を切りつけた。

一撃必殺——ランスファンゴは呻《うめ》き声《ごえ》と共に倒れた。

着地するのと同時に、別の個体がレジーナの方へと突進するのが見えた。

「レジーナ！　そっちに行ったぞ！　弱点は額だ！」

「言われなくとも分かっている」

レジーナは突進してきたランスファンゴに対し、大人の背丈ほどの長さがある大剣を振り下ろして真っ向から叩《たた》き潰した。

「弱点を突く必要もない——か。さすがの怪力だな」

「ふん、まるで歯応えがないな」

レジーナはつまらなそうに大剣を肩に担いだ。

「こんな雑魚相手では少しも満たされない」

「グルル……！」

コケにされたことが伝わったのだろう。

ランスファンゴの群れは敵意を剝《む》き出しにしていた。それを受けて、レジーナはにやりと笑いながら手招きをして挑発する。

「とっとと全員掛かってこい。ねじ伏せてやる」

「ちょっと、あたしの獲物も残しておきなさいよ」

エトラが後ろから抗議する。

突っ込んでくるランスファンゴ。

レジーナはそれを正面からねじ伏せようと大剣を構える。

お互いに激突しようかと言う瞬間――。

「あ、そういえば王都で耳にしたんだけど」

とエトラが何気なく言った。

「カイゼル、あんた婚活してるらしいじゃない」

「――っ!?」

レジーナの身体が金縛りにでも遭ったかのように強《こわ》ばった。

すると――。

敵を迎え撃つことができず、がら空きの腹部に突進が直撃した。

「ぐあああ!?」

「レジーナ!?」

ランスファンゴの突進を正面から喰《く》らったレジーナは、派手に飛ばされると、水切り石のように地面を転がっていった。

「おい、大丈夫か!?」

「あ、ああ。問題ない」

強靱《きょうじん》な肉体を持つレジーナにとって、Dランク級の魔物であるランスファンゴの突進は
まるで効かないようだ。

傷一つついていないというのは驚嘆に値する。

しかし――。

「急に固まって、いったいどうしたんだよ」

「い、いや……」

「レジーナ、あんた今、あたしが言ったことに動揺したんじゃないの？」

「エトラが言ったこと？」

「カイゼルが婚活してるってことよ」

「そ、そんなわけがないだろう！　なぜ私が動揺する必要が!?　こいつの婚活事情など
知ったことではないのだが!?」

食い気味に否定するレジーナ。

少なくともこの態度は動揺しているように見える。

「ふーん。怪しいわねえ」

「下らん。カイゼルがどこの誰と結婚しようが、関係ないではないか」

レジーナはそう吐き捨てると、ランスファンゴの群れに向き直る。仕切り直しとばかりに大剣を正中線の前に構え直した。

「ブフォン！」

ランスファンゴたちが一斉に突進してくる。

「先ほどは不覚を取ったが、今度こそ一網打尽にしてやる」

レジーナは大上段に大剣を振りかぶった。

風圧を飛ばして群れごと薙《な》ぎ払おうとした瞬間――。

「で？　カイゼル、婚活の調子はどうなのよ？　相手の子はもう見つかったの？　あたしにだけこっそり教えなさいよ」

エトラが俺に耳打ちするよう求めてきた。

「――っ!?」

すると、レジーナは反射的にこっちを見やった。

よそ見をしたその瞬間――。

がら空きになった腹部に敵の突進が再び直撃した。

「ぐあああ!?」

ランスファンゴに撥《は》ねられたレジーナは、再び高らかに宙を舞っていた。

「レジーナ!?　無事か!?」

「も、問題ない……」

地面に叩きつけられたレジーナは身体こそ無傷だったものの、尻を突き出した滑稽な姿になってしまっていた。

「どうしたんだよ。お前らしくもない」

「こ、これはだな……」

「バカね。やっぱり気になってたんじゃない」

エトラは鼻で笑うと、

「どいてなさい。メンタルクソ雑魚のあんたには任せてられないわ」

レジーナに代わって、ランスファンゴたちの群れに相対した。

杖《つえ》を肩口に乗せると、敵を舐《な》めきった不遜な笑みを浮かべる。

「こんな奴《やつ》ら、初級魔法で充分よ。骨も残さずに焼いてあげる」

怒ったランスファンゴたちが一斉に突っ込んでくる。

俺と共にその光景を見守っていたレジーナがふと呟《つぶや》いた。

「カイゼル、先ほどの話だが……お前、婚活をしているそうだな」

「え？　あ、ああ」

「別に興味があるわけではないが。一応、仲間のよしみとして訊《き》いてやる。もう結婚相手は見つかっているのか？」

「いやそのことなんだがな……」

俺が事情を説明しようとすると――。

エトラの耳がぴくりと動くのが見えた。

完全に俺たちの会話に聞き耳を立てていた。

そうなると当然、敵に対する注意が散漫になる。

「――あっ」

気づいた時には、エトラの目の前にはランスファンゴの群れが迫っていた。

どうやっても躱《かわ》すことができない距離。

「ぎゃあああああ!?」

派手に撥ね飛ばされたエトラの身体は、宙を舞っていた。

「エトラ!?」

魔法によって防御力を上げていたエトラは傷一つついていなかったが、格下の魔物相手に一泡吹かされたという事実は揺るがない。

「どうやらお前も、人のことを笑えないようだな」

レジーナはエトラを見下ろして冷笑していた。

……今日はどうにも二人の調子がおかしい。

俺はエトラの代わりにランスファンゴの群れと対峙すると、向かってきた連中を数分もかからないうちに一網打尽にした。

ランスファンゴの群れを討伐したのを確認し、王都へ戻ろうとした帰り際。

「で？　結局どうなのよ」

エトラが俺にそう尋ねてきた。

「ん？　どうっていうのは？」

「婚活よ、婚活。あんた昔、結婚する気はないって言ってたのに。いったいどういう風の吹き回しなのよ」

「そう――私が言いたかったのはその部分だ。カイゼル、お前、過去の自分が言ったことを忘れたのか？」

なるほど。

二人が引っかかっていたのはそこだったのか。

「いやそのことなんだが……」

俺は改めて事情を説明することに。

ソニア様の目論見《もくろみ》により結婚相手募集の記事を打たれたこと、俺自身はそこまで婚活に前のめりではないことを。

「……ふうん。そういうことだったわけ」

「なるほどな」

話を聞き終えた後、二人は得心した面持ちになる。

「だから、そこまで乗り気ってわけじゃない。良い相手がいたら、結婚するのも悪くないかもしれないなと思ってるくらいだ」

「一応、結婚するのは悪くないとは思ってるわけね」

「昔と違って、今は冒険者としてはそこまで危険な任務に赴いてるわけじゃないし。絶対にしないというほど頑《かたく》なではないかな」

「だが、お前と結婚したがる女性がいるとは思えないがな」

「そうよね。あんたのことをよく知ってるあたしたちならまだしも、普通の女は子持ちの中年をわざわざ選ばないでしょうし」

レジーナとエトラは強調するようにそう言ってきた。

そこにはそうあって欲しいという祈りが含まれているように聞こえた。

そういえば、二人も独身だったからな。

俺一人が抜け駆けのように結婚するとなると、ちょっと寂しいのかもしれない。

「心配しなくとも、俺と結婚したがる人なんて現れないだろうさ」

「そうよねえ」

「全くだ」

レジーナとエトラはどこかホッとしたような表情を浮かべていた。

第七話

後日——俺はソニア様に王城へと呼び出された。

もしかして婚活関係のことだろうか——と戦々恐々と赴いた俺だったが、結果から言うと全く別の用件だった。

「舞踏会への同伴……ですか」

「はい〜」

近々、王城では舞踏会が開かれるらしい。

舞踏会とは——。

王族や貴族の人々が集い、踊りや食事を楽しみながら交流する場だ。貴族であればそこで結婚相手を探したりもするのだとか。

庶民である俺にはまるで縁のない世界だ。

「プリムは舞踏会のような堅苦しい場はどうも好きではないようでして。行きたくないとずっと駄々をこねていたんです」

ソニア様がそう言うと、隣の玉座に座るプリムが言う。

「舞踏会は王族としての振るまいを求められるからな。息が詰まってしまう。私の求める自由とは対極に位置する催しだ」

「ですが、王女として出席しないわけにもいきません。そこでプリムにどうすれば行く気になるか尋ねてみたのです」

「そこで俺の名前が出てきたと」

「その通りです。カイゼルさんが同伴してくれるなら、行ってもいいと」

「……お前は私を娘のように大切に思っていると言っただろう。であれば、娘の舞踏会に同行するのは当然のことだ」

プリムは腕を組みながらぼそりと呟いた。

ソニア様は俺に微笑《ほほえ》みかけてくる。

「うふふ。プリムはとても信頼を寄せているようですね」

「ありがとうございます」

「どうでしょう？　舞踏会に同席していただけますか？」

「女王陛下のご指名とあらば、無下にはできません。ただ……」

「ただ？」

「俺は冒険者ですから。舞踏会における礼儀作法にはてんで疎いです。陛下やプリム様に恥を掻《か》かせかねません」

舞踏会では貴族としての振る舞いを求められると言う。

しかし、庶民の出身――しかもその中でも礼儀作法とは程遠い冒険者――の俺はそれらの作法には通じていない。

無作法を働きかねない。

そうなればソニア様やプリムの顔に泥を塗ることになってしまう。

「問題ありません。カイゼルさんはプリムの傍《そば》にいてくれるだけでよいのです。もし礼儀を欠いてしまっても、私がおりますから」

「フォローしていただけると言うことでしょうか？」

「はい。礼儀を欠いたことで貴族の方に何か言われた際には、私の女王陛下パワーで必ずや撤回させてご覧に入れます」

「……当日までに礼儀作法を叩《たた》き込んできます」

ソニア様の女王陛下パワーを発動させるわけにはいかない。下手をすると、その貴族の首が飛んでしまいかねない。

一週間後、舞踏会の日が訪れた。

それまでに俺は必死で礼儀作法を叩き込んできた。

会場は王城だった。

大きなホールに王族や貴族たちが集まり、お酒や会話を楽しんだり、オーケストラの演奏に合わせて男女が踊りに興じている。

「ドレスというのは、どうしてこうも動きにくいのか」

隣には白いドレスに身を包んだプリムの姿。

ドレスの裾を持ち上げ、不満そうに顔をしかめている。

「これでは冒険者として、魔物と戦えないではないか」

「戦う必要はありませんよ」

俺は苦笑する。

「ああ、今すぐ脱ぎたい。ジャージに着替えたい」

「ですがプリム様、ドレス、よくお似合いですよ」

そう言うと、プリムの顔色が変わった。

「……そう思うか？」

「ええ。とてもお綺麗《きれい》だと思います」

称賛の言葉を並べ立てる俺。

プリムはこほんと咳払《せきばら》いをすると、

「……ま、もうちょっとだけ着ておいてやろう」

照れ臭そうにそう呟《つぶや》いた。

どうやら機嫌を直してくれたようだ。

「私はいかがでしょうか？」

すると、傍にいたソニア様がやんわりと尋ねてきた。女王陛下である彼女は、煌《きら》びやかな白のロングドレスに身を包んでいる。

「とてもお似合いです、陛下」

「うふふ。ありがとうございます♪」

ソニア様は嬉《うれ》しそうに頬に手をあてがうと、

「カイゼルさんも礼服、お似合いですよ～♪」

「ありがとうございます」

舞踏会ということもあり、俺も礼服に身を包んでいた。

黒の燕尾《えんび》服《ふく》に白の蝶《ちょう》タイ。

自分で用意したものじゃなく、ソニア様が仕立ててくれた。

「ただ、一つ気になる点がありまして」

「気になる点ですか？」

「先ほどからやけに周りの方々からの視線を感じるのです。特に女性からの。もしや何か粗相をしてしまっているのではと……」

貴族の女性たちが俺の方をちらちらと窺《うかが》っている。

何人かで集まって、声を潜めて話し合っている者たちもいた。

目が合うと、彼女たちは慌てて顔を逸《そ》らした。頬には朱が差しているように見える。

俺の礼儀作法は所詮急ごしらえでしかない。ひょっとして知らずのうちにマズいことをしてしまっているのでは？

女性を思わず赤面させてしまうような、とんでもない粗相を。

「うふふ。粗相をしているからではないと思いますよ」

だったら、なぜ見られているんだろう？

——ああ、そうか。

普段、見慣れない男が女王陛下や王女殿下の傍にいるものだから、いったい何者なのかと興味を抱いているのか。

だとしても、女性ばかりが見てくるのはなぜだ……？

「それはきっと、カイゼルさんが素敵だからですよ♪」

ソニア様は柔らかく微笑みながら言った。

「私の見立ては間違っていませんでしたね」

「⁉」

よく分からないが、粗相をしているわけではないらしい。

なら良かった。

二人に恥を掻かせるわけにはいかないからな。

「では、私は王族や貴族の方々とのご挨拶がありますから。カイゼルさん、プリムのことをよろしくお願いしますね」

「承知いたしました。お任せください」

ソニア様は来客たちの方に向かっていった。

王族や貴族たちがお伺いを立ててくるのに対応している。

「プリム様は同行しなくてよろしいのですか？」

「私はああいうのは嫌いだからな」

とプリムは腕を組んですげない態度。

「貴族の連中は皆、私に取り入ろうと媚《こ》びたような笑みを浮かべてくるのだ。それを何度も見ていると胸焼けしてしまう」

「ですが、いずれは即位されるのでしょう？　今のソニア様の役目をプリム様が代わりに果たすことになるのでは」

「その前に国外逃亡するとしよう」

「国中がパニックになりますよ」

いくら何でもおてんばが過ぎる。

「もしくは、私の他の者が王になればよい」

「プリム様は他にご兄弟はいないと聞きましたが」

「いなければ、作ればいい」

とプリムは言った。

「カイゼルよ、頼みがある。母上と結婚し、子供を作ってくれ。その子が後に王になれば私は気ままに生きられる」

「その頼みは聞けませんね……」

はいそうですかと頷《うなず》いたら、俺が王になってしまう。娘を育てる甲斐性《かいしょう》はあれど、一国を背負うだけの甲斐性はない。

その時、ふと目に留まる光景があった。

「何やら賑《にぎ》やかですね」

ホールの一角に貴族の男たちが集まっていた。

その輪の中心にはドレス姿の若い令嬢の姿。

貴族の男たちは、何やら令嬢に声をかけていた。

「踊りにでも誘っているんだろう」

とプリムが言った。

「舞踏会は結婚相手を見つける目的もあるそうだからな。踊りを通じて、目をつけた女子と仲を深めようとしているわけだ」

「なるほど」

真紅のドレスに身を包んだ貴族の令嬢に、複数の男たちが言い寄っている。

確かに中々の美人だ。

言い寄られた令嬢は、まんざらでもなさそうな表情を浮かべている。寄ってきた男たちを値踏みするように眺めていた。

その時だった。

賑やかだったホール内の音が一瞬、止まったのは。

踊っていた者たちも、歓談に興じていた者たちも、オーケストラを演奏していた者たちも全員が息を飲む気配が伝わってきた。

突如として訪れた、不気味なまでの静寂。

それは一人の女性の登場に依《よ》るものだった。

この場にいる者たち全員の視線が、彼女に釘付《くぎづ》けになっていた。視界に入れた途端、目を離すことができずにいた。

なぜか？

見ずにはいられないような奇抜な格好をしていたからか。はたまた信じられない粗相をしでかしていたからか。

どちらも否だった。

――それはひとえに、彼女が美しかったからだ。

精巧な氷像のように整った顔立ち。

長い睫毛《まつげ》が、まぶたに陰影を落としている。

手足はすらりと伸びており、仕草の一つ一つが洗練されていて、上品さの中にも見る者を惑わす確かな色香を感じさせた。

身に纏《まと》った青いドレスは、彼女の冷たい雰囲気によく合っていて、クールビューティーを体現したような女性だった。

気づいた時には、彼女の周りに貴族の男たちが押し寄せていた。

光に引き寄せられた蛾《が》のようにわらわら群がっている。

先ほどまで真紅のドレスの令嬢に言い寄っていた男たちも、今や青いドレスの令嬢の下に引き寄せられていた。

「ちょっと！　私は!?」

真紅のドレスの令嬢は呼び戻そうとするが、男たちは耳を貸さない。今や彼らの眼中にはその女性以外は映っていないらしい。

「随分と人気ですね」

貴族の男に群がられる青いドレスの令嬢を見ながら呟いた。

「まー、リリスはモテるからな」

「プリム様、彼女をご存じなのですか」

「舞踏会で何度か会ったことがある。リリス＝フローシアル。フローシアル家自体の貴族としての格は中の中といったところだが、とにかくあの娘は容姿がいいからな。リリスが舞踏会に出席すれば、貴族の男たちは軒並み彼女に言い寄りに来る」

「それはまた凄《すご》いですね」

軒並みさらっていくとは、とんでもないモテっぷりだ。舞踏会に出席している他の令嬢たちからすると堪《たま》ったものじゃないだろうが。

「ちなみにリリスは氷の令嬢と呼ばれているらしい」

「氷の令嬢ですか」

「由来が気になるか？　まあ、見ていれば分かる」

プリムに促されて事の成り行きを見守る。

貴族の男たちは青いドレスの令嬢――リリスに言い寄っていた。

「リリス様。僕といっしょに踊りませんか？」

「いいや！　彼女と踊るのはこの私だッ！」

「君たちのような鼻息を荒くした蛮族に、彼女の相手は似つかわしくない。優雅な僕こそが彼女にはふさわしい」

それぞれ手を差し伸べる貴族の男たち。

垂らされた釣り針、そのいずれにもリリスはなびくことはなかった。群がってくる彼らを醒《さ》めた目で見ながら呟《つぶや》いた。

「――あなたたちのような退屈な殿方には興味がありません。下がりなさい。視界に羽虫が映り続けているのは不愉快です」

「「なっ……!?」」

冷たく突き放す言葉に、貴族の男たちは面食らう。

「は、羽虫だと……!?」

「何という不遜な物言いだ……!」

「いくら何でも酷《ひど》すぎる……!」

最初は戸惑っていた彼らは、次第に侮辱された怒りに震え始めた。

「聞こえませんでしたか？」

しかし、火に油を注ぐように。

リリスはまるで物怖《ものお》じせず、貴族の男たちに告げる。

「今すぐ私の視界から消えなさいと言ったのです」

「「は、はいい……!」」

絶対零度の眼差《まなざ》しを前に、貴族の男たちは完全に怯《ひる》んでいた。

まるで歯牙にも掛けない――絶世の美女であるリリスにすげない態度を取られ、男たちのプライドはぽきりと折れた。

その後もリリスは言い寄ってくる男たちを次々と返り討ちにしていった。ばっさばっさと斬り伏せていくその姿は、痛快ですらあった。

辺り一面に、フラれた男たちの屍《しかばね》が積み上がる。

「な？　これがリリスが氷の令嬢と呼ばれる理由だ」

「なるほど……」

俺は死屍《しし》累々《るいるい》のホール内を眺めながら呟いた。

つまらない男にはなびかない――。

リリスからはそんな強い意志を感じる。

だからこそ、男たちは彼女の気高さに惹《ひ》かれるのだろう。

「フローシアル家の当主――リリスの父もリリスには手を焼いているらしい。縁談の話を持っていっても、全部撥《は》ね付けられるとか」

「貴族の方々の結婚相手は、親が決めることも多いと聞きましたが」

「確かに政略結婚は多いぞ。だが、リリスの父はリリスを溺愛しているからな。リリスが嫌だと言えば、それ以上は何も言えないようだ」

プリムは言った。

「舞踏会には出席しているということは、結婚相手を探してはいるのだろうが。リリスのお眼鏡に適《かな》う者はいないだろうな」

強すぎる輝きは、傍《そば》にいる者を霞《かす》ませる。

リリスと結婚する相手には、相応の度量が必要だろう。

一筋縄ではいかなそうだ。

「ま、貴族の縁談の話などどうでもいい」

プリムはそこで興味をなくしたように言う。

「それよりカイゼル、料理を食べよう。王城の料理人の作る料理は絶品だ。普段は母上が私の栄養を考慮して、食べたくない野菜まで食べるように仕向けてくるのだが、今は母上の目もないからな。好きなものを好きなだけ食べるぞ！」

そして料理の並んでいるテーブルの方に駆けていった。

「プリム様、お供します」

俺はその後を追いかける。

ホールにいる者たちが皆、軒並みリリスに注目している中、俺とプリムだけはテーブルの料理に舌鼓を打つのだった。

料理を堪能し終えたところで、ソニア様が戻ってきた。

「カイゼルさん、ただいま戻りました～」

「お疲れさまでした。ご挨拶はお済みになられましたか？」

「はい。ようやく一通りは」

ソニア様はそこで、俺の傍にいたプリムに目をやった。

「うふふ。プリム、ご機嫌斜めみたいですね」

「コルセットのせいでたらふく食べれないからな！」

プリムがドレスを着るにあたって着用しているコルセット。その締め付けのせいで満足に料理を食べられなかった。

「舞踏会など、食以外に楽しみなどないというのに！」

「あらあらまあまあ」

憤慨するプリムを前に、ソニア様は苦笑していた。そして俺の方へ向き直る。

「カイゼルさん、子守りでお疲れになられたでしょう？　少し休憩してください。プリムのことは私が見ておきますから」

特に疲れてはいないのだが、せっかくのご厚意だ。

甘えさせて貰《もら》うとするか。

それに親子水入らずの時間も必要だろう。

「分かりました。では、お言葉に甘えさせていただきます」

踵《きびす》を返すと、俺はホールの外に出た。

バルコニーから階段を降りると、そこは王城の中庭だ。

広々とした敷地に、手入れのされた草木が植えられている。
大きく伸びをする。貴族ばかりの空間だと肩が凝ってしまう。ホール内は賑《にぎ》やかだった
から中庭の静寂が気持ちいい。
少し息抜きをしてから戻ろうと思った時だ。
――ん？　あれは……。
中庭の一角に人の気配がした。
そちらに近づいてみると、植木の傍に人影が見えた。
降り注ぐ月の青白い光が、やがて人影の正体を俺の網膜に映し出す。
そこにいたのはリリスだった。
俺はその瞬間、驚きに息を飲む。
月光に照らされた彼女の姿があまりにも美しかったから。
――というだけではない。
リリスが対峙《たいじ》している相手が異形の者だったからだ。
頭部に屹立《きつりつ》する角。全身から立ち上る禍々《まがまが》しい瘴気《しょうき》。漆黒の外套《がいとう》を纏い、その目は人の
ものとは違う赤色に輝いていた。
――あれは魔族だ。
リリスは魔族と対峙していた。

「……っ!?」

リリスは俺の姿に気づくと、目を大きく見開いた。

動揺しているように見える。

その隙に魔族はリリスに手をかけようとした。

「──そうはさせるか!」

俺はリリスと魔族の間に割り込むと、魔族の伸ばしてきた手を払う。

そこには紛れもない敵意があった。

リリスは魔族に命を狙われている。

「あなたは……!?」

「舞踏会に出席していた者です。休憩するために中庭に出たところ、魔族に狙われているのをお見かけいたしました」

俺はリリスを庇《かば》うように前に立つと言った。

「リリス様。下がっていてください。ここは俺が」

「無茶です! あなたは今、丸腰ではありませんか」

普段は腰に剣を差している俺だが、礼服の今は剣を差していない。舞踏会に帯剣すれば騒ぎになってしまうから。

「敵の目的はこの私です。無関係の者を巻き込むわけにはいきません」

リリスはそう告げてきた。

「私が敵を引きつければ、あなたを逃がすだけの隙は作り出せるはずです。今すぐここから立ち去りなさい」

その言葉を耳にした俺は驚いた。

氷の令嬢と称されるほどだから、もっと冷たくて傲慢な人間かと思っていた。

目下の者たちから奉仕して貰うのが当然だと考えている——貴族にはそういう人間が多い印象があった。

だが、彼女は自らの窮地においても他者を気遣う心を持っていた。生死を分ける局面にもかかわらず肝が据わっている。

「お心遣い、感謝いたします。ですが、問題ありません」

「剣もないのに、いったいどうやって奴《やつ》と渡り合うというのですか」

「一応、俺は魔法学園の講師ですから」

俺はそう告げると、魔族に向かって無詠唱で魔法を放った。

風の刃——ウインドカッター。

ひづめのような風の刃が、魔族の纏《まと》う外套を切り裂いた。

「ぐおっ……!?」

外套の下から覗《のぞ》いた魔族の体軀《たいく》に、切り傷の線が浮かび上がる。

一撃で両断できなかったのは、魔力の鎧《よろい》を纏っていたからだろう。

「無詠唱で魔法を放てるのは大したものだが、威力は大したことはないな」

俺の攻撃を受けた魔族が、挑発するように笑みを深める。

「威力を出すには火魔法を使った方がいいんだが、ここで思い切り放ったら中庭の草花が燃えかすになるからな。庭師に悪いだろ」

「その余裕が命取りになるぞ」

「それは言葉じゃなくて、実力で証明してみせてくれ。魔族の本分はぺらぺらと減らず口を利くことじゃないだろう？」

俺は挑発しかえすと、魔族の眉間に青筋が浮かんだ。どうやら分かりやすく苛立《いらだ》っているようだ。

「小癪《こしゃく》な奴め！　よかろう！　今度はこちらから行くぞ！」

まんまと挑発に乗った魔族は、魔弾を次々と高速で放ってきた。

視界を覆い尽くすほどの魔弾。

それら全てが、俺を目がけて襲いかかってくる。

なるほど、これだけの魔力を一斉に解き放てるとは。

中々の腕前だ。

「この攻撃を喰《く》らって、今まで立っていられた者はいない！　消し炭だ！　自分の愚かさを後悔するがいい！」

勝利を確信し、高笑いをする魔族。

だが――。

次の瞬間には、魔弾は俺の手によって打ち消されていた。

「なんだと……!?」

啞然《あぜん》とする魔族に、俺は余裕を保ったまま言い放つ。

「これだけの数の魔弾を放てるのは大したものだが、威力は大したことはないな。さっきの言葉をそのまま返してやるよ」

「……ぐっ！」

魔弾を全て打ち消された魔族は、気圧《けお》されていた。遅れてせり上がってきた屈辱に、身を震わせている。

このまま激情に任せて突っ込んできてくれれば御しやすい。

「ぐおおおおおお！」

雄叫《おたけ》びを上げた魔族は、再び魔弾を放ってきた。

さっきと全く同じ攻撃。

しかし、その照準は俺以外に向けられていた。

魔弾は全て俺の背後にいるリリスを狙っていた。多方向に展開した魔弾が、一斉に彼女を撃ち抜こうと迫る。

「――っ！　ウッドウォール！」

俺の身一つでは、防ぎきることができない。

そう咄嗟《とっさ》に判断すると、地面に手をつき、土魔法を発動させる。

足下の地面が隆起し、俺たちのいる場所の周りに土の壁を作った。全方位から襲い来る魔弾は生み出した土の鎧に阻まれる。

どうにか防ぎきることができたか――。

だが、俺たちを守っていた土の壁を解除した時、さっきまでそこにいたはずの魔族の姿は跡形もなく消え去っていた。

「……逃がしたか」

リリスを狙ったのは、逃げるための時間稼ぎだったらしい。

放った魔弾が防がれるのは、恐らく織り込み済みだった。

奴め……。

激情に駆られたように見えて、冷静さは失ってなかったか。

「リリス様、ご無事ですか」

「……ええ。問題ありません」

見たところ、どこも怪我《けが》はしてなさそうだ。

「いったいどこから魔族が入り込んだのか……。王都の結界が破られたら、エトラからの連絡があるはずだが」

人の姿に化けて入り込んだのだろうか。

そもそもだ。

「奴はなぜ、リリス様を狙ったのでしょう」

「……分かりません」

リリスは呟《つぶや》いた。

「私もここには休息を取るために訪れたのです。いきなり奴が現れて……。狙われる理由など皆目見当もつきません」

なら、特に彼女だけを狙ったわけじゃないのか？

たまたま目についたから、襲うことにした。

あるいは……。

「リリス様が奴と遭遇した時、奴は不審な動きをしていませんでしたか？　たとえば地面に何か描いていたりとか」

「いえ。そのようなことはなかったと思います」

リリスはそう応えると、

「それが何か？」

「いえ……」

今日、王城には王族や貴族が集まっている。

そこを狙っていたとするなら、何かしらの工作を行っているのではと思った。

たとえば王城に魔法陣を設置し、そこから爆発を起こしたり、魔物の群れを召喚したりということを目論《もくろ》んでいた可能性もある。

中庭を一通り見て回ったが、魔法陣や不審な魔力の痕跡はなかった。

単なる俺の杞憂《きゆう》だったのだろうか……。

結局、魔族が何のために王都にやってきたのかは分からずじまいだ。

だが、取りあえずリリスの身は守れたからよしとしよう。

「それにしても、あなた、強いのですね」

リリスは俺にそう言ってきた。

「さきほどの戦いで見せた魔法の腕前――見事でした」

「ありがとうございます」

「あなた、名前は？」

「カイゼル＝クライドと言います」

「カイゼル……その名前、聞いたことがあります。確か騎士団長にギルドマスター、賢者を育て上げた傑物だと」

それに、とリリスは言った。

「あなた自身もAランク冒険者なのでしょう？」

「ええ、まあ」

「強い男は嫌いではありませんよ」

リリスはうっすらと微笑《ほほえ》みを浮かべる。

その表情はぞっとするほど美しかった。思わず魅入られてしまいそうになる。

「私の名は、リリス＝フローシアルと言います」

ドレスの裾をつまみ上げると、優雅な仕草と共に礼をしてきた。

「カイゼル。あなたの名前、確かに覚えました。……ふふ。私が他人の名前を覚えることなど滅多にありませんから。光栄に思いなさい」

「はあ。ありがとうございます」

一応、お礼を言っておいた。それが大人の対応というものだろう。

「リリス様、そろそろホールに戻りましょう」

「残念ですが、その言葉は聞けません」

「なぜです？」

「ホールに戻っても、退屈なのは目に見えていますから」

リリスはつまらなそうに呟いた。

「魔族は退けましたが、ここにいては危険が及ぶ可能性があります」

「では、あなたも残ってください」

とリリスは言った。「そうすれば安全なのでしょう？」

からかうような微笑みを前に、思わず苦笑してしまう。

貴族の男たちは皆、こぞって彼女の関心を惹《ひ》こうとしているようだったが、大抵の人間にとって彼女は手に余ってしまうだろう。

「それに、踊りならここにいてもできます」

そう言うと、リリスは手を差し出してきた。

「カイゼル。私の手を取りなさい」

「え？」

「助けて貰《もら》ったお礼です。あなたと踊ってさしあげます」

リリスは不遜に微笑む。

「私のような絶世の美人と踊ることができるのです。これは光栄なことですよ？　二度とない機会かもしれません」

先ほど貴族の男たちに誘われてもけんもほろろにあしらっていた彼女が、まさか自分から踊ろうと申し出てくるとは。

単なる気まぐれなのだろうか。

それとも何か思うところがあったのか。

いずれにしても——。

せっかくの申し出を断るというのも失礼だろう。

「分かりました。お相手させていただきます」

そう告げると、差し出された手を取った。

「ただ、俺は庶民ということもあり、踊りの心得などありません。リリス様を満足させることができるかどうか」

「私にとって大切なのは、どう踊るかではなく、誰と踊るかです」

月明かりのスポットライトの下、静かに舞踏会が開かれる。

俺たち以外に誰もいない中庭。

手を取りあった俺たちは、一つの生き物のように躍動する。

踊りの心得がない俺は、リリスに先導される形で見よう見まねで身体《からだ》を動かす。

月光を帯びながら舞う彼女はとても妖艶だった。少しでも気を抜いたら、そのまま呑《の》み込まれてしまうのではと思うほどに。

しばらく彼女に身を任せながら踊っていたが、月が雲に覆い隠され、スポットライトが消えたところで一息ついた。

「ふふ……」

「どうされたのですか？」

「いえ。洗練されていない、無骨な踊りだと思いまして」

「心得がないものですから」

「ですが、貴族たちと踊るよりずっと心が躍りました」

リリスは少女のように笑みをこぼした。

小馬鹿にしているわけではない。

ただ楽しくて仕方がないという感じだ。

「カイゼル。あれだけの強さを持つあなたにも、できないことがあるのですね。戸惑う姿は可愛《かわい》かったですよ」

「可愛いって……」

と俺は苦笑する。

「まさか娘くらいの子にそんなことを言われるとは」

確かに踊っている時の俺たちは、大人と子供のようだった。

リリスの不遜な態度は、若さ故のというよりは高貴さに根ざしたもので、精神の年輪は並みの大人よりも刻まれているように思える。

その時、ホールの方から駆けよってくる人影があった。

リリスの使用人のようだった。

「どうやら、迎えが来たようですね」

リリスはそう呟くと、俺に微笑みかけてきた。

「カイゼル。あなたと過ごした時間、とても有意義なものでした。ふふ。あなたも私との思い出をゆめ忘れないようにしなさい」

踵《きびす》を返して使用人の方に歩いて行くリリスの姿を眺めながら、氷の令嬢と呼ばれる彼女の魅力の一端に触れたような気がした。

だが、もう会うことはないだろう。

俺は庶民で、彼女は貴族。住む世界が違うのだから。

そう思っていた。

第八話

舞踏会の同伴を終えると、元の日常に戻ってきた。

騎士団の教官や魔法学園の授業を受け持ち、冒険者として任務をこなしたり、プリムの家庭教師を務めたりと忙しく働いた。

そんなある日。

久しぶりの休日ということもあり、娘たちの朝食を作り終えた後、ゆっくりと過ごせると思っていた時のこと。

来客を告げる玄関の呼び鈴が鳴った。

——朝早くから誰だろう？

椅子から腰を上げた俺が玄関の扉をおもむろに開けると、果たしてそこには庶民の街には不釣り合いな華のある女性がいた。

リリス＝フローシアルだった。

「リリス様……!?」

「久しぶりですね、カイゼル」

「ふふ。驚いているようですね。その顔が見られただけでも、わざわざ住宅街まで足を運んだ甲斐《かい》があったというものです」

満足そうな笑みを浮かべるリリス。

その隣には正装をした女性の姿があった。以前の舞踏会の際、中庭までリリスを探しに来ていた使用人だ。

「どうしてうちに？」

「カイゼル。あなたは今、結婚相手を探しているそうですね」

「ええ、まあ。一応は」

ソニア様に担ぎ上げられた形ではあるが。

王都の新聞にも掲載された以上、対外的にはそういうことになっている。

「そうですか。分かりました」

リリスはふっと口元を緩ませると、俺に対して言った。

「では、私と結婚しなさい」

「なるほど、リリス様と結婚を――って、え？」

全く予想だにしない角度からの言葉に、フリーズしてしまった。

今、彼女は何と言った？

「……すみません。確認なのですが。俺の聞き間違いでなければ、リリス様は今、婚姻を申し込んできたような……」

「ええ。聞き間違いではありません」

　とリリスは言った。

「この私——リリス＝フローシアルが妻になると言っているのです」

「………………」

　言葉の意味は分かったが、意図はまるで分からないままだった。

　俺は思わず辺りをきょろきょろと見回していた。

「何をしているのですか？」

「いえ。これはドッキリではないかと思いまして」

「そのような悪趣味な真似《まね》を、貴族である私がするとでも？　冗談で婚姻を申し込むほど品位の欠けた人間ではありません」

「……失礼いたしました」

　恭しく頭《こうべ》を垂れ、謝罪の意を示す。

　ドッキリであってくれた方が、俺としては安心できたのだが。

「ですが、なぜ俺にその話を？」

　と俺は尋ねる。

「知っているかどうかは存じませんが、フローシアル家の令嬢であるこの私も、結婚相手を探している最中なのです」

その話はプリムから聞いた覚えがあった。

フローシアル家の当主であるリリスの父は彼女に縁談の話を度々持ってくるが、彼女はそれらを全て退けてしまった。

「父が持ってくる縁談の相手は、いずれもつまらない男性ばかり。私の目に適《かな》う者は一人もいませんでした」

リリスは一息つくと、

「そんな折でした。あなたと出会ったのは」

熱っぽい眼差《まなざ》しが、俺を見つめてくる。

「舞踏会の夜、あなたと過ごした時間はとても甘美なものでした。心が躍るあの高揚感を今も忘れることができません」

胸に手を置いたリリスは、記憶に想《おも》いをはせていた。

「……初めてです。私が殿方に心惹かれたのは」

「そう言っていただけるのは光栄ですが、俺には娘がいます」

「構いません。三人も娘がいるのは、甲斐性のある証《あかし》です」

「我々は年もまるで違います。俺は中年ですよ」

「あなたの年齢であれば、子孫を残すのに問題はありません」

ダメだ。

全く揺らぐ気配がない。

「お父様はどのように仰《おつしや》っているのですか」

貴族としては、娘を有力な貴族と結婚させたいものだろう。

庶民の俺と結婚したいなどと言い出したら、反対するんじゃないか？

「父も結婚を認めています」

「え」

「カイゼル、あなたはAランク冒険者であり、娘たちは王都の柱であり、女王陛下からの信頼も厚いですから」

まさかの父親公認だった！

これで俺たちの婚姻を阻むものはなくなってしまった。

「この私が、結婚相手になって差し上げると言っているのです。カイゼル。この話、当然受けてくれますね？」

リリスは胸に手を置き、蠱惑《こわく》的な微笑《ほほえ》みをたたえている。

氷の令嬢と呼ばれる彼女は、間違いなく絶世の美女だ。

それに家柄もいい。

男としてみれば、そんな相手に婚姻を申し込まれるのは名誉なことだ。

だが——。

「申し訳ありませんが、その話は受けられません」

俺はリリスの申し出をきっぱりと断った。

「——は？」

まさか断られるとは思っていなかったのだろう。

リリスはその切れ長の目を丸くしていた。

「……理由を聞かせていただけますか？」

「我々は出会ったばかりですし、お互いをまだ知りません。勢いに任せて婚姻を結ぶのは早急に過ぎるかと」

「おかしなことを言うのですね。私ほどの美女から婚姻を申し込まれたのですよ？　すぐに首を縦に振るのが道理というものでしょう」

「若い頃ならそれもあったかもしれませんが、俺はもういい年です。一時の感情で自分と相手の将来を決めたりはしません」

「……なるほど。この私を袖にするというわけですか」

そう呟《つぶや》くと、リリスは俯《うつむ》いた。微《かす》かに肩が震えている。

傍《そば》にいた使用人の顔色が、青ざめていくのが分かった。

リリスは見るからに誇り高い女性だ。今まで言い寄られることはあっても、自分から言い寄ることはなかったに違いない。

自分から婚姻を申し込み、それを無下にされてしまった。彼女のプライドが傷ついたのは想像に難くない。

この後、大噴火してしまうんじゃないか――。

「――カイゼル。やはりあなたは面白い人ですね」

「はい？」

しかし、顔を上げたリリスは、笑みを浮かべていた。

肩を震わせていたのは、どうやら怒っていたからではない。

笑っていたからのようだった。

「今まで私になびかなかった男はいませんでした。私を前にした者は皆、私の意のままに従わせることができました」

リリスはふっと表情をほころばせる。

「カイゼル――私の意に背いたのはあなたが初めてです」

言葉とは裏腹に、彼女はどこか嬉《うれ》しそうだった。表面上はクールだが、生き生きとしているように見える。

「ふふ。ますますあなたを手に入れたくなりました。追われるのではなく、追う側になるというのは心が躍りますね」

リリスはそう言うと、

「私は一度振られた程度では諦めたりはしません。必ずあなたを落としてみせます。精々覚悟しておきなさい」

俺に対する宣戦布告をしてきた。

口調こそ好戦的だが、その表情は楽しそうだった。

「それではまた」

言いたいことを言って満足したのか、リリスは踵《きびす》を返すと、使用人を引き連れて俺の家の前から去っていった。

——まるで嵐のような一時《ひととき》だった。

それにしても……。

もうリリスとは会わないと思っていたのに。

こんなに早く再会することになるとは。

その上、婚姻を申し込まれるなんて夢にも思わなかった。

人生ってのは何が起こるか分からないものだ。

これで退《ひ》いてくれればいいけど、そうはいかないだろうな。

娘たちに知られなければいいが……。

今し方のカイゼルとリリスのやりとり。

出勤前ということもあり、三姉妹はしっかりと目撃していた。二階の窓から二人の会話に聞き耳を立てている。

「今の会話、聞きましたか……!?」

リリスが引き返した後、エルザが口を開いた。

「あの子、パパに求婚してた！」

と、メリルがびっくりしたように言う。

「これは……とんでもないことになりましたね……」

「ぷぷ。でもざんねんでした。パパと結婚するのはボクちゃんだからねー。あの子に邪魔することはできないよーだ♪」

「そうとも限らないわよ」

「「え？」」

水を差すようなアンナの言葉に、エルザとメリルは戸惑った。

「アンナ、どういうこと？」

「あの人――リリス＝フローシアルは王都でも有名なの。絶対に男を惚《ほ》れさせてしまう魔性の女――何でも彼女と関わった男は全員が彼女の虜《とりこ》になってしまうらしいわ」

アンナは言った。

「過去には彼女を巡って、貴族同士が血みどろの争いを繰り広げたこともあるとか。最終的には死人まで出たそうよ」

「確かにあのリリスという女性、凄《すご》くお綺麗《きれい》な方でした」

とエルザは表情を曇らせた。

「私たちとそう年は変わらないはずなのに、とても色香がありました。そんな人が父上を狙っていたとは……！」

「パパも籠絡されちゃうかもしれないってコト!?」

メリルがほっぺたを押さえながら、悲鳴を上げる。

「そしたらリリスさんがボクたちのママになるの!?　パパとママが結婚したらボクたちは家を追い出されちゃうじゃん！」

「ち、父上に限ってそれはありえません！」

エルザはムキになって否定する。

「仮に結婚したとしても、私たちをないがしろにするなんてこと……！」

「やだやだ！　パパが他の女の子とイチャイチャするのなんてやだー！　ボクはＮＴＲの性癖は持ってないもん！」

メリルはその場でじたばたと暴れ回っていた。

エルザも目に見えて狼狽《ろうばい》している。

「ふふ。大丈夫よ」

すると、アンナがくすりと笑みをこぼした。

「さっきは脅かすために言ったけど、パパならきっと心配いらないわ。リリスさんに籠絡されることはない」

そう言うと、

「まさか、二人は本当にパパが惚れちゃうと思ってたの？」

「「…………」」

アンナの余裕たっぷりの言葉に。

エルザとメリルは互いに顔を見合わせる。

「そ、そうですよね。分かっていましたとも」

エルザはこほんと咳払《せきばら》いをする。

「世の男性方がいとも容易《たやす》く籠絡されようと、父上には通用しませんよね。アプローチにも動じないはずです」

「そうだよねー。パパはボクが好きなはずだし。他の子に色目を使われたって、よゆーで断るに決まってるもん」

メリルはそう言うと、

「とーぜん、ボクもあえて乗ってあげたんだよ」

エルザと同じ態度を取った。

娘たちはそれぞれ、カイゼルがリリスに惚れるわけがないと主張した。だから自分たちは何の心配もしていないと。

「私たちのパパだもの。何の心配もいらないわ。ねえ?」

「もちろんです」

「だよねー」

「「………」」

そう答えた後、三人娘の間に不自然な沈黙が流れた。

第九話

騎士団の女性騎士であるナタリーはその日、違和感を覚えていた。

──エルザの様子が何やらおかしい。

普段とは明らかにどこか違っている。

上の空というか、心ここにあらずという感じがする。

他の騎士たちはそれに全く気づいていないようだった。

しかし、エルザに深い好意を抱き、常日頃から彼女のことを観察しているナタリーは何かあったのだと確信していた。

「エルザさん。ちょっといいッスか」

「え？　はい？　何でしょう……？」

呼びかけると、一拍遅れて反応が返ってくる。

いつもならすぐに返事をしてくれるのに。

「さっきのうちの打ち込みですけど、どうッスか？」

とナタリーは尋ねる。

「エルザさんのアドバイスが欲しいッス」

「す、すみません。見ていませんでした。少し考え事をしていたので……」

「ええーっ!?」

それを聞いた瞬間、ナタリーはショックを受けた。

エルザに褒めて欲しくて、一生懸命打ち込みをしたのに。エルザには自分のことだけを考えていて欲しかったのに。

エルザの頭の中は自分以外のことで占められていた!

「な、何かお悩みでもあるんすか!? 自分でよければ力になるッス!」

「ありがとうございます。ナタリーは良い人ですね。しかし大丈夫です。心配するようなことは何もありませんから」

エルザはそう言うと、

「父上があの女性に取られてしまうかも……。いやでもまさかそんなことは……。確かに彼女は美人ではありましたが……」

再び思案しはじめた。

「かくなる上はあの手を使うしか……。私が父上に打ち合いで勝つことができれば、私の願いを聞いてくれる約束ですし……」

「というか、それを使えば父上と結婚することも可能なのでは……!? いやいや! 何を言っているのですか私はっ……!」

　ぶつぶつと何事かを呟《つぶや》いていたかと思うと、自分の頬を叩《たた》き始めてしまった。心ここにあらずどころの話ではない。

「エルザさん。やっぱり今日おかしいッスよ」

「……ええ、はい、そうですね」

「具合が悪いなら、診療所に行った方がいいッス」

「……ええ、はい。そうですね」

「エルザさん、チューしてもいいッスか？」

「……え？　あ、はい」

「まままま、マジッスか！？？」

　思わぬ返答を得られてナタリーは興奮してしまった。

　上の空だったから、ダメ元で頼んでみたのだが。

　まさか了承を得られるとは！

「ど、どうしたのですか。そんなに驚いて。私は妙なことを言いましたか？」

　とエルザは戸惑った表情を浮かべていた。

　やっぱり聞いていなかったのだろう。

「や。冗談混じりにお願いをしてみたんすけど。まさか了承されるとは思ってなくて。聞いてなかったんすよね？　じゃあ今のはナシで――」

「いえ。構いませんよ」

「え？」

「ナタリーの話を聞いていなかったのは事実です。ですが、生返事とは言え、私は一度了承の返事をしたのでしょう？　なら無下にはできません。騎士団の団長として、自分の口にしたことには責任を持ちます」

「んなあああああ!?」

ナタリーは雷に打たれたかのように驚いていた。

――エルザさんが言うことを聞いてくれる!?　チューさせてくれる!?　こんな唐突にお近づきになるチャンスが訪れるなんて！

考えるだけで頭が沸騰しそうだった。

「で、でもでも、うちはとんでもないことをお願いしてるかもしれないッスよ!?　それでも聞いてくれるんすか!?」

「ナタリーの人柄は知っているつもりです。あなたが私にお願いをしてきたのなら、それは真面目な話のはずです。聞き入れますよ」

エルザがにっこりと微笑《ほほえ》みかけてくる。

信頼のこもった眼差《まなざ》しが痛い……！

エルザはナタリーのことを買ってくれているようだった。そんな彼女にまさかチューをさせてくれと言えるわけがない。

「や、やっぱり忘れて欲しいッス……！」

「？　遠慮しなくていいのですよ？」

「大丈夫ッス！　自分で処理するッスから！」

「そ、そうですか……？」

焦がれに焦がれていたエルザとの口づけのチャンス。

しかしいざ現実になると、怖《お》じ気《け》づいてしまった。

エルザの信頼を裏切りたくないと思ってしまった。

――うわーん！　うちの意気地なしー！

ナタリーは心の中で思春期のようにクヨクヨしていた。


冒険者ギルドの受付嬢――モニカはその日、絶好調だった。

なぜか？

ギルドマスターであるアンナの監視の目が緩かったからだ。

普段は仕事の鬼である彼女だが、今日は気が抜けまくっていた。

簡単な書類仕事ですらミスしまくりで、冒険者やギルド職員たちを震え上がらせる覇気はすっかり消えてしまっている。

額に手をあてて考え事をしていたり、ため息をついたり。

まるで仕事に身が入っていない。

おかげでモニカはサボりまくることができた。

モニカが絶好調だということは、仕事をしていないということで、冒険者ギルド全体の進捗としては絶不調もいいところであった。

他のギルド職員たちは密《ひそ》かに頭を抱えていた。

——いやー、楽チンだなあー。毎日こんな感じでサボりながらゆるーく働いて、お給料を貰《もら》えたら最高なのになー。

そう思いながらも、モニカはどこか物足りなさを感じていた。

アンナに叱咤《しった》されながら隙間を縫うようにサボるから楽しいのであって、サボり放題の状況になってしまうと張り合いがない。

だからだろうか。

気づけば、モニカはアンナに話しかけていた。

「アンナさん、どうしちゃったんですかー？　もしかして悩み事ですか？　私でよければ話を聞いてあげますよ？」

「別に悩んでないし、悩んでたとしてもモニカちゃんには言わない」

「え。どうしてですか？」

「みすみす弱みを握らせることになるもの」

「………………」

モニカの笑みが引きつった。

――ぜ、全然信用されていない……！

確かに悩み事を知れたら弱みとして利用できるかもとは思ったし、口が軽いからつい他の人に言いそうではあるけど！

あれ？　言われてみたら私に話したくなる理由ないな？

「いいから。早く仕事に戻りなさい」

そう言って虫を除《よ》けるように手を払うと、アンナは紅茶を口にする。その隙にモニカは核心をつく言葉を投げつけた。

「悩みって、カイゼルさんのことですよね？」

「――げほっ！」

アンナは紅茶が気管に入って、激しくむせる。落ち着きを取り戻すと、彼女は目元の涙を指で拭ってから言った。

「どうしてそう思うのかしら？」

「ファザコンのアンナさんが上の空になるのはそれくらいしかないでしょ。カイゼルさんは婚活してるんですよね？　良い相手が現れたとか？」

モニカはそう言うと、

「たとえば、美人で有名な貴族の令嬢とか」

にやりと笑みを浮かべた。

アンナの顔色が変わる。

「……どこでそれを知ったのかしら」

「ふっふーん。私は王都の情報通ですからねー」

「何が情報通よ。ただゴシップ好きなだけでしょ」

「政治や経済はさっぱりですけど、王都の人たちの色恋沙汰だったり、もめ事だったりの情報はバッチリ把握してます！」

「モニカちゃんが出世できない理由が分かった気がするわ」

はあ、とアンナは呆《あき》れたようにため息をついた。

「言っておくけど、パパに求婚する人が現れたことと、私が悩んでることに関連があるとは一言も言ってないから」

「素直じゃないなー」

モニカはアンナの頑《かたく》なさに苦笑いを浮かべると、

「ま、私としてはアンナさんがずっと上の空でいてくれてると、好きなだけサボれるからウェルカムなんですけど♪」

そう言っておどけてみせた。

「ほーら。サボりまくっちゃいますよ」

「………」

アンナはそれには目もくれずに顎に手を置き、考え事をしていた。冒険者ギルドの経営会議で見せるような真剣な面持ちだ。

「パパが籠絡されるようなことはないとは思うけど。でもあの子は凄《すご》い魅力的だし。万が一がないとは言えないのよね」

「もしかすると、パパのタイプかもしれないし……。そういえば、パパはどんな子が好みなのかとか全然知らないわ」

「パパって何というか、女の影がないというか。他の男が持ってるような性欲的なものをまるで感じさせないのよね」

「だけど、そこが魅力というか、格好良いところなんだけど。パパみたいに紳士的な人を他に見たことがないし……」

ぶつぶつと長尺で思考を垂れ流している。

「アンナさーん。私、このままじゃ全然仕事しませんけど」

「………」

「いいんですか？　夜になってもお仕事終わりませんよー」

「………」

アンナはなおもモニカには目もくれない。

ずっと無視され続けて、ついに我慢ならなくなったのだろう。

「ちょっと！　私のこと叱ってくださいよー！」

モニカはアンナにそう言い放っていた。

「はあ？」

「アンナさんは私がサボったら、ちゃんと叱ってくれないとダメです！　そうじゃないと冒険者ギルドの秩序が保たれないじゃないですか！」

「秩序を乱す原因が何を言ってるの」

アンナは呆れながらため息をついた。

「アンナさんが鬼じゃないと私は寂しいんですよ！」

モニカはそう言うと、

「私がサボって、アンナさんが叱る！　それが私たちのコミュニケーションでしょ！　真面目に仕事してください！」

「ええ……？　モニカちゃんに怒られた……!?」

アンナはその剣幕に気圧《けお》されていた。

ぷりぷりと怒ったモニカがその場から去っていくと、アンナはカップに入った紅茶を飲み干してからため息をついた。

「モニカちゃんに注意されるくらい、私は身が入ってなかったみたいね。……はあ、自分では全然気にしてないつもりだったのに」

魔法学園の女子生徒――ポーラは驚愕《きょうがく》していた。

友人であるメリルの様子がおかしかったからだ。

現在、授業中。

にもかかわらず、メリルはちゃんと起きていた。

いつもならよだれを垂らして寝ている頃なのに。

その上、何やら熱心にノートにペンを走らせている。

――メリルちゃん、いったいどうしちゃったの……!?

ポーラは今までメリルのそんな姿など、一度も見たことがなかった。

これは何かとんでもない事態が起こっているのではないか……。

「メリルよ、今日は随分熱心ではないか！」

講師であるノーマンがメリルの姿を見て感心する。

「ようやく心を入れ替え、理解したようだな！　この私――ノーマン＝ベックマンの講義が必聴のものだということを！」

そして、満足そうに笑みを漏らすと――。

「では早速、この板書の問題を答えてみろッ！　これまでの授業を聞いていたなら、すぐにでも答えられるはずだ」

「へ？　なに？　全然聞いてなかった」

「何だとおおおおおおおお!?」

あっさりと一蹴されたノーマンは、目を剝《む》いて叫び声を上げていた。

「聞いていないだと!?　そんなはずがあるかッ！　貴様！　さっきから熱心にノートを取っていたではないか！」

「それは新しい魔法薬を開発しようとしてたんだー」

メリルはノートを掲げてみせた。

そこにはびっしりと文字が書き込まれている。

「パパをボクが落とすための秘密兵器だよん。ねえ、どういう薬なのか気になる？　気になるでしょー？」

「ちょっとメリルさん！　今は授業中ですよ！」

クラス委員長のフィオナが咎《とが》めるように声を張り上げた。生真面目な彼女は、不真面目なメリルを目の敵にしている。

「でも私、気になるなあ……」

とポーラが呟《つぶや》いた。

「メリルちゃんは賢者だから。どんな凄い魔法薬を開発してるのか知りたい」

「ポーラさん!?」

「確かに気になるよな」

「ああ。このままじゃ授業に集中できねえ」

教室の生徒たちは、メリルの研究している魔法薬に興味津々だった。とてもじゃないが授業を進められるような状態ではない。

「……仕方ない。メリル、貴様の魔法薬とやらを聞かせろ」

ノーマンが諦めたかのようにそうメリルに促した。

「ふっふっふー。しょーがないなー」

ニヤニヤと笑みを浮かべていたメリルは口を開いた。両手を大きく開けると、世紀の大発明とでも言うように大々的に発表する。

「なんと！　これは飲んだ人間をナイスバディにする薬なのです♪」

「な、ないすばでぃ……？」

ポーラはぽかんとした表情を浮かべていた。

彼女だけではなく、ノーマンや他の生徒たちも同じ反応だった。教室全体には数十個の疑問符が一斉に浮かぶ。

「そう！　これを飲んだら、ボクはおっぱいも大きくなるし背も高くなる。そしたらパパはボクにメロメロになるはず！」

うへへー、とデレデレしているメリル。

皆、もっと凄いものを想像していたのだろう。

教室の生徒たちは唖然《あぜん》としていた。

「何ですかそれは。くだらない……」

フィオナも呆れた表情を浮かべている。

「くだらなくなんてないもん。ボクにとっては大事なことだから！」

メリルはそう言うと、

「フィオナちゃんもナイスバディになりたくない？」

「別になりたくありません。魔法の習得には不要ですから」

「真面目だねー。じゃあ、ポーラちゃんは？」

「私はその……どちらかというと、胸を小さくしたいかも」

「うわ！　贅沢《ぜいたく》な悩みだ！」

メリルはびっくりしたようにそう言うと、

「いいなー。ボクもポーラちゃんみたいに大きな胸になりたい！」

「ひゃあああああ!?　胸を揉《も》まないでえええええ！」

「ノーマン先生！　メリルさんに指導してください！」

フィオナがノーマンの方を見やり、そう促した。

ノーマンは顎に手を置きながら思案顔をしていた。

「メリル、その魔法薬とやら、女子が飲むとナイスバディになるのだろう？　男が飲むとどうなるんだ」

「え？」とフィオナがぽかんとした表情に。

「男子が飲んでも効果はあるよ。なんと！　イケメンになれちゃいます」

メリルがそう言うと、ノーマンはほう、と思案顔になる。

「……なるほど。それを飲んで私が今以上にイケメンになれば、イレーネ先生を射止めることができるかもしれんな」

「ノーマン先生!?　何を考えてるんですか!?」

フィオナが叱責の声を上げる。

「まさか本気じゃありませんよね!?　魔法学園の講師ともあろうお方が、魔法をそんな動機で利用しようとするなんて！　それはいくら何でも、発想が非モテすぎます！　哀れ極まりないです！」

「じょ、冗談に決まっているだろう……」

ノーマンは引きつった笑みと共に訂正する。

「私はそのようなものに頼らずとも、手に入れたいものは自力で手に入れる。当然のことではないか。ふはは」

そう取り繕うように言うと、

「メリル！　私の講義中に不純な魔法の開発にうつつを抜かすのは許さん！」

「えー」

不真面目だとしてメリルを指導するノーマン。

しかし、教室にいた生徒たちは皆、ノーマンが本当は魔法薬を飲みたがっていたであろうことを見抜いていたのだった。

第十話

数日後。

ヴァーゲンシュタイン王国の女王――ソニアはある人物たちを王城に呼び出した。その相手とはカイゼルの娘たちだった。

エルザにアンナ、メリルの三姉妹が王の間に集っている。

「女王陛下。私たちにご用とは……？」

騎士団長であるエルザが跪《ひざまず》きながら、おずおずと尋ねる。

女王陛下直々の呼び出し――しかもアンナとメリルがいっしょとあっては、王都に非常事態が起きたかと思うのもムリはない。

「うふふ。そう警戒しないでください」

ソニアは頬に手をあてがいながら微笑《ほほえ》む。

「あなたたちが最近、仕事に身が入っていないみたいだと耳にしたものですから。お話を伺いたいと思っただけです。

騎士団長に冒険者ギルドのギルドマスター、それに賢者――あなたたち三人はこの王都の要となる存在ですからね」

やんわりとした口調。

しかし、女王陛下であるソニアから直々にそう言われたことで、エルザとアンナの顔色はさあっと青ざめていった。

「も、申し訳ございません……！」

「まさか女王陛下のお耳に届いていたなんて。お恥ずかしい限りです」

即座に陳謝するエルザとアンナ。

その隣にいたメリルは大きなあくびをしていた。

「メリル、女王陛下の御前ですよ」

「あなたもちゃんと跪きなさい」

「えー？　ボクちゃん、堅苦しいのきらーい」

「うふふ。大丈夫ですよ。楽にしてください」

「ほら、ソニア様だってああ言ってるし」

そう言うと、メリルはその場に寝転がった。

「お言葉に甘えて、家みたいにくつろいじゃおーっと♪」

「楽にしてと言われて、本当に楽にする人がありますか……！」

エルザが顔を引きつらせる。

「処罰を受けてもおかしくないわよ、それ」

アンナは呆《あき》れ混じりに言う。

「言っとくけど、私たちは無関係だからね」

「えー。ボクたち家族じゃーん。首を落とされる時もいっしょだよ♪」

「本当にお気になさらないでください」

そう言ったソニアには全く怒った様子はない。

穏やかな微笑みを浮かべている。

「お仕事の件ですが、誰しも身が入らない時はあります。ですが、三人が同じタイミングというのが引っかかりまして」

ソニアはそう言うと、三人娘たちを見やった。

そして単刀直入に尋ねる。

「原因はカイゼルさんの婚活の件ですか？」

「「「………」」」

三人娘たちは全員、言葉を詰まらせた。

その一瞬の沈黙は、どんな言葉よりも雄弁だった。

「あらあら。やっぱりそうでしたか」

ソニアが微笑ましそうに言った。

「わ、私たちは何も言っていませんが」

「何も語らずとも、お三方の顔に分かりやすく書いていましたよ。カイゼルさんには最近、良いお相手が見つかったそうですね。その方にカイゼルさんを取られるのではと不安だったのでしょう？」

そう言うと、

「お三方はカイゼルさんのことが大好きなんですね～♪」

「「……っ!?」」

エルザとアンナは顔を真っ赤にしていた。

二人は対外的には誇り高い騎士団長と鬼のギルドマスターで通っている。それが親離れできていないとバレてしまったのだ。

恥ずかしいことこの上ないという心境だった。

もっとも――。

周りの人たちにはとっくにバレているのだが。

「そうだよ～♪　ボクはパパのこと大好きでーす！」

メリルだけが素直に賛同していた。

「こんなに想《おも》われるなんて、カイゼルさんは幸せ者ですね」

「ボクもそう思う！」

ソニアとメリルは笑い合っていた。

「ああもう、私としたことが……。普段ならボロは出さないのに。パパ絡みとなると冷静さを欠いちゃうのよね」

アンナはやけになったように髪をかきむしると、

「ええ。確かに最近仕事に身が入っていなかったことは認めます。その理由がパパの婚活にあることも」

観念したようにそう言った。

「困りましたね～。王都の要であるあなたたちが機能しなくなってしまうと、王都全体の士気も下がってしまいます」

「お言葉ですが、パパに婚活を勧めたのはソニア様だそうですね。だとすれば、今の状況を招いたのは陛下ご自身ですよ」

「アンナ、あなた何ということを……！」

「少しくらい文句を言う権利はあるでしょ」

「うふふ。怒ってらっしゃるんですね。大好きなお父様を他の女性とくっつけるきっかけを生み出した私に」

「ええ。そうですすよ」

「天才と謳《うた》われたギルドマスターにも、年相応な部分はあるんですね。アンナさんの意外な一面を見ることができて嬉《うれ》しいです」

ソニアは大人の余裕を持って軽くいなすと、指を立てた。

「では、こうするのはどうでしょう？　カイゼルさんを取られるのが嫌なら、自分たちが先に取ってしまうというのは」

「「「え？」」」

「カイゼルさんは今、婚活をしています。であれば、あなたたちも結婚相手として名乗りを上げれば良いのではないですか？」

「「「………………」」」

三人娘たちは唖然《あぜん》とした表情をしていた。

ソニアの言葉を呑《の》み込むことができずにいるという感じ。

やがてエルザが戸惑いを露《あら》わにする。

「結婚相手と言われましても……。私たちは親子ですし。親と子の関係と、妻と夫の関係になるのは全然違うと思うのですが」

「では、エルザさんはカイゼルさんと結婚したいと思ったことは一度もないのですか？」

「子供の頃、将来は父上のお嫁さんになりたいと思ったことはあります。ですが、それはあくまでも昔の話です」

「その気持ちは今、全くないと言い切れますか？」

とソニアが尋ねる。

「そ、それは……」

エルザは躊躇《ためら》ったように言葉を詰まらせると、女王陛下からの質問に虚偽で答えるのは不誠実だと判断したのだろう。

「……ないと言えば、嘘《うそ》になりますが」

観念したようにぼそりと呟《つぶや》いた。

顔は耳まで真っ赤になっている。

「正直なのは素晴らしいことですよ」

それを聞いたソニアはにっこりと微笑む。

「ボクもボクも！　パパと結婚したーい！」

メリルが「はいはい！」と勢いよく手を上げる。

「アンナさんはいかがですか？」

「答える義務はありません」

「あらあら～」

ソニアは困ったように頰に手をあてて微笑む。

「自らの気持ちに誠実に生きるのが、幸せになるコツですよ♪　私もそれを心掛けるようになってから毎日が楽しいですから」

「ご助言、ありがとうございます」

「ここのところは毎日、部屋でコスプレをしているんです。学生服を着たり、メイドさんの制服を着たり」

「それは別に話さなくても大丈夫です」

「ですが、私たちは親子です」

エルザが反論するように言う。

「父親と娘が結婚するというのは色々とマズいのでは……？」

「親子と言えど、血の繋《つな》がりはないのでしょう？　でしたら問題ありません。必要なのは当人たちの意思だけです」

「え。なぜ私たちの血の繋がりのことを？」

「私は女王陛下ですから～。この国のことは何でも知っています♪」

「「………」」

おっとりとしているように見えるが、彼女は一国を統べる女王だ。王都中に情報網を張り巡らせているのかもしれない。

「というのは冗談で、メリルさんが喧伝《けんでん》しているのを聞きました。パパとは血の繋がりがないから結婚できるんだと」

「「………」」

「いたっ！」

エルザとアンナはメリルを小突いていた。

家庭内の事情を大っぴらに話すんじゃない。カイゼルが明かせずにずっと苦悩してたのがアホらしくなるじゃないかと。

ソニアはくすりと微笑《ほほえ》んでから言う。

「この国は一夫多妻を認めていますから。カイゼルさんと皆さんが結婚するということも当人の意思があれば可能です」

そして続けた。

「私としてはカイゼルさんがこの国に根を下ろしてくれればよいのです。あなたたちに結婚の意思があるのなら応援しますよ」

「「………」」

降って湧いた選択肢。

自分たちがカイゼルの結婚相手になる。

それは三姉妹にとっては天啓だった。

「……まあ、結婚するしないは置いておいてもよ」

アンナがこほんと咳払《せきばら》いをする。

「あの女がパパを狙うのを指を咥《くわ》えて見ているわけにはいかないわ。私たちも仕掛けるというのは悪くない選択肢だと思う」

「そ、そうですね」

「さんせーい♪」

「この際だから、パパに私たちの魅力をアピールしましょう。もちろん、結婚するとかは考えていないにしても」

「ええ」

「ボクは結婚もしたいけど♪」

カイゼルにアピールする口実ができた——。

三姉妹は心の中でガッツポーズをしていた。

こうなるであろうことを見越していたソニアは、女神のように微笑んでいた。何もかもが彼女の手のひらの上にあった。

第十一話

明くる日の朝。

俺はエルザに声を掛けられた。

「父上、少し付き合っていただけませんか」

思い詰めたような真剣な面持ち。

ただ事でないことは分かった。

「ああ。娘の頼みだ。構わない」

そう答えると、エルザは「場所を変えましょう」と踵《きびす》を返した。彼女が俺を連れてきたのは近所にある空き地だった。

よく打ち合いをする場所だ。

「それで？　用件は？」

「父上にお尋ねしたいことがあるのです」

「お尋ねしたいこと？」

「その……何と言いますか……」

そこで急に語調が弱まり、もじもじとしだした。

「言いづらいことなのか？」

俺がそう尋ねると、エルザはこくりと小さく頷《うなず》いた。頬が赤くなっている。こみ上げてくる羞恥に抗《あらが》っているようだ。

「大丈夫だ。否定したりはしない。話してみてくれ」

「わ、分かりました」

エルザは息を飲むと、意を決したように尋ねてきた。

「ち、父上は強い方はお好きですか!?」

「え？」

全く不意を突かれたものだから、一瞬反応が遅れてしまった。

強い人が好きかどうかだって？

どうしてそんなことを？

というか、なんでそれを訊《き》くのにエルザは顔を真っ赤にしてるんだ？　まるで告白でもするかのようなテンションだった。

「答えをお聞かせいただいてもよろしいでしょうか」

「そ、そうだな……」

意図が気になったが、可愛《かわい》い娘が勇気を出して尋ねてくれたんだ。

父親として誠実に答えなければ。

「ああ、俺は強い人が好きだ」

エルザが息を飲む気配が伝わってきた。

強い人が好きかどうかで言うと好きだった。

俺も剣士の端くれ。

レジーナほどではないが、強者《つわもの》を見ると自分の腕を試してみたくなる。それに強者から学べることは数多くあるからな。

「やはりそうですか……！」

俺の答えを聞いて、エルザはぱあっと表情を華やがせていた。

見るからに嬉しそうだ。しかし、いったいなぜ？　もしかしてあれか。エルザの中の俺のイメージと回答が一致したからか？　解釈の一致というやつか？

まあ、喜んで貰《もら》えているのならいいが。

「私はリリスさんやアンナやメリルと比べると、女性としての魅力は劣ります。だから分が悪いのではないかと思っていました。

アピールできる部分と言えば、剣の腕が多少立つことくらいです。

しかし父上のタイプが強い人だということは、リリスさんやアンナやメリルより私の方が圧倒的に有利ということでは……!?」

エルザは鼻息を荒くしながら、何やらぶつぶつと呟いていた。突如降ってきたチャンスに高揚しているように見える。

そう思っていた次の瞬間——。

すっ、と。

真《ま》っ直《す》ぐな眼差《まなざ》しと共に、俺に木剣を突きつけてきた。

「父上、私と手合わせ願います」

「え」

それは突然の申し出だった。

「別に構わないが、随分とやる気だな」

「はい」

エルザの目には、闘志が漲《みなぎ》っている。

普段から研ぎ澄まされた気を纏《まと》っているが、今日はより一層だった。気を抜いたら呑《の》み込まれてしまいそうになるほどだ。

「——何にせよ、娘との貴重なコミュニケーションの機会だ。断る理由はない。いつでも掛かってこい。受けて立とう」

俺も木剣を抜くと、正中線で構えた。

「ありがとうございます。では――参ります!」

エルザは小さく息を吐くと、地面を蹴った。

次の瞬間にはもう、俺の目の前に迫っていた。

体重の乗った上段からの一撃を叩《たた》き込んでくる。

「うおっ……!」

剣で受けると、両腕が持っていかれそうになる。

足が地面に沈んだ。

「はあああああっ!」

裂帛《れっぱく》の気合いと共に、エルザは剣を唸《うな》らせる。

一振り一振りが必殺の威力。

それでいて荒さがない。

動きと動きの合間の継ぎ目も見えなかった。

これでは容易に反撃できない。

「――前よりもずっと腕を上げたな」

エルザは最近になってもレジーナに打ち合いの相手をして貰っていた。自分よりも格上の相手と戦うことによって成長している。

だが、それだけではない。

今日は随分と気合いが入っていた。

「父上、今日こそ一本取らせていただきます！」

本気で勝ちに来ている――。

自分の持てる力の全てをぶつけてくるエルザ――その表情に切迫感はない。生き生きとしているように見えた。

まるで俺とのデートを楽しんでいるみたいに。

「はは。そうはいかないな」

成長したエルザの剣技を目の当たりにすると、俺も高揚してくる。

よし、とことん付き合ってやろうじゃないか。

魔法を使えば容易に勝てる――が、そんなのは野暮ってものだろう。娘の剣に全力で応えるのが父親である俺の礼儀だ。

エルザに引き出されるようにして、力が湧いてくるのを感じた。

俺たちは打ち合いに興じた。

互いの力を惜しみなくぶつけ合う。

それは言葉を交わすよりもずっと密なコミュニケーションだった。

しかし、楽しい戦いもいつまでもは続かない。

やがて、幕引きが訪れた。

「……私の負け、ですね」

首元に剣先を突きつけられたエルザは、観念したように呟《つぶや》いた。その口元には清々《すがすが》しさをたたえた笑みを浮かべている。

「やはり父上にはまだ敵《かな》いませんか。それにしても、さすがに一撃くらいは入れられるかなと思ったのですが」

「紙一重の戦いだった。一撃どころか、負けてもおかしくなかった。日頃の研鑽《けんさん》が伝わる素晴らしい剣技だったと思う」

俺はそう言うと、エルザに微笑《ほほえ》みかけた。

「大したものだ、本当に」

「……父上、ありがとうございます」

エルザは気恥ずかしそうに俯《うつむ》くと、おずおずと尋ねてきた。

「その、私は父上から見て強いでしょうか？」

「ああ、間違いない。俺の知る限りだと、王都でも一、二を争うくらいじゃないか？　比する者はそういないだろう」

「そ、そうですか」

俺の言葉を聞いたエルザは顔を赤らめ、あたふたとしていた。まるで告白でもされたかのように落ち着きがない。

「……勝つことはできませんでしたが、私の魅力をちゃんとアピールできました。これで父上との結婚に一歩近づけたかもしれません」

「ん？　どうした？」

「な、何でもありません！」

誤魔化そうとするエルザからは、先ほどの勇ましさは消えていた。

第十二話

また明くる日。

俺は午前中の騎士団の教官業務を終えると帰宅した。

今日は久しぶりに午後からの予定が空いていた。

最近は働きづめだったことだし、休養を取ることにするか。そんなことを考えながら家の玄関扉を開けると、アンナが出迎えてくれた。

「パパ、おかえりなさい」

普段なら冒険者ギルドで働いている時間帯。

しかし今日はギルドが全休だった。

「もう今日のお仕事は終わったの？」

「ああ。午後からは休みだ」

そこでふと違和感を抱いた。

「アンナ、何だか顔が赤くないか？」

「ふふ。そう見える？」

「それにろれつも回っていないような……」

アンナの顔はほんのりと赤らんでいる。

目もとろんとしていた。

俺は彼女に近づくと、額と額を合わせる。

「ひゃっ!? な、何するの?」

「いや、もしかして熱でもあるのかと思ってな」

と俺は弁明する。

「だけど、よかった。熱はないみたいだな」

「ど、ドキドキさせないでよ、もう……」

アンナは自分の肩を抱きながら毒づいてきた。

「今ので熱が出ちゃうかと思った」

「すまんすまん。年頃の娘相手にデリカシーがなかったな。さあ、家の中に入ろう。いつまでもここにいても仕方ない」

踵《きびす》を返して家の中に入ろうとするが、アンナは付いてこずに立ち止まっていた。じっとこちらを見つめている。

「どうした? そんなところで突っ立って」

やがて躊躇《ためら》いがちに両手を開けると、

「私をリビングまで運んで欲しいなって」

俺を見つめながらそう言った。

──えっ？

「やっぱり具合が悪いのか？　だったらすぐに医者に診て貰《もら》おう。この辺りに評判のいい診療所があるからそこに──」

「ううん。そういうわけじゃないの」

アンナは慌てふためく俺を宥《なだ》めると、

「何というか、ただパパに甘えてみただけ」

前髪を指でくるくると巻きながらぼそりと呟いた。

俺はきょとんとしてしまう。

珍しいな、と思った。

メリルならいざ知らず、アンナが俺に甘えてくるとは。

「ま、別に構わないが」

要望に応えることにして、俺はアンナをひょいと抱える。

「ひゃっ」

アンナは驚いたような声を漏らすと、運ばれている間、ずっと俯いていた。

リビングに辿《たど》り着くと、そこでようやく彼女の顔が赤い理由が分かった。テーブルには空いた葡萄酒《ぶどうしゅ》の瓶が置かれていた。

「アンナ、昼から飲んでたのか？」

「そうだけど？」

アンナは悪びれた様子もなくそう応えた。

「……だって、酔いでもしないと、パパに甘えられないもの」

ぼそりと何やら聞こえないくらいの声で呟いている。

「ん？　今、何て言ったんだ？」

「別に。休みの日なんだもの。少しくらい羽目を外したっていいでしょ？　冒険者連中は仕事の時も飲んでるんだし」

昼から飲まないとやってられないくらいストレスが溜《た》まってたのか……。今までそれに気づいてやれなかったことを恥じた。

「色々と溜め込んでいたんだな……。気づいてやれなくてすまない。アンナ、俺にできることがあれば何でも言ってくれ」

「何でも？　今、何でもって言った？」

「ああ」

「ふーん。へーえ」

酒気を帯びたアンナはにやりとほくそ笑んだ。

言質を取った――とでも言いたげに。

「じゃあパパ、膝枕してくれる？」

「構わないが」

　俺がソファに腰掛けると、アンナは横たわり、俺の膝の上に頭を乗せてきた。ぴたりと身を寄せてくる。

「久しぶりね。パパの膝枕」

「アンナが俺に甘えてくるなんて珍しいな」

「ふふ。今日は二人きりだから。他の子たちがいたらこうはならないわ。エルザやメリルの前では気が抜けないもの」

「アンナはしっかり者だからな」

　そう言うと、アンナが尋ねてきた。

「パパはちゃんとしてる子は嫌い？」

「ん？」

「ほら、抜けてる子が好きっていう男の人も多いでしょ？　でも私には隙がないって他の人からよく言われるから」

　確かにアンナには有能なキャリアウーマンというイメージがあるし、隙らしい隙は他の人と比べても見当たらない気がする。

「ちゃんとしてる人は、嫌いじゃない。むしろ好ましく思う。ただ、そのせいで損をする

ことが多いのは不憫《ふびん》だと思うが」

「それはパパを見ていても分かるわ」

アンナは苦笑いを浮かべる。

「何でもできるが故に、苦労してるものね」

「褒めすぎだ。俺だってできないことはある」

「私だってそうよ。全部が全部、完璧なわけじゃない」

アンナはそう言うと、

「だけど、私たちが合わされば完璧になれる。そうは思わない？」

「アンナ……？」

「パパは王都の誰よりも優秀な人よ。それは間違いない。だから、同じくらい優秀な人が傍《そば》にいるのがいいと思うの」

膝枕されながら、アンナは上目遣いで見つめてくる。

とろんとした熱っぽい眼差《まなざ》し。

それは酔いによるものだけではない。

「貴族でもなければ、抜けているところもない。パパのことを分かっていて、傍でずっと支えてあげられる人が」

「……誰のことを言ってるんだ？」

「ふふ。それはね――」

艶のある唇が言葉を紡ごうとした時だった。

「――それって私のことですか⁉」

突如として、部屋の中に大声が響き渡った。

アンナが発したわけでも、俺が発したわけでもない。

ソファの後ろを振り返ると、そこにはギルドの受付嬢であるモニカの姿があった。頬に手をあてがいながら驚愕《きようがく》している。

「……えーっと。モニカ。君がどうしてここに？」

「実は冒険者ギルドの仕事が回らなくなっちゃいまして。アンナさんの応援がないとどうにもならないから、家まで呼びに来たんです」

「どうやって中に入ったんだ？」

「玄関の鍵が開いていたので！」

元気よくそう応えるモニカ。

そういえば、エルザやメリルが帰った時のことを考えて鍵を掛けていなかった。誰でも自由に出入りできる状況だ。

「だとしてもまずは呼び鈴を鳴らしてくれよ」

「サプライズしてみようかと思いまして！」

モニカはそう言うと、

「おかげでいいことが聞けました。ふむふむなるほど。アンナさんはカイゼルさんには私がお似合いだと思ってるんですね」

「え。そうなのか？」

「カイゼルさんと同じくらい優秀な人がいいと思ってるんですよね？　そうなると私以外にいなくないですか？」

どや顔を浮かべるモニカ。

自己肯定感が高いのはいいことだ。うん。

「……モニカちゃん。どこから聞いてたの？」

「カイゼルさんに膝枕をお願いしてるところくらいからですね」

「かなり最初の方じゃないか」

「アンナさんが酔った勢いでカイゼルさんに甘えようとしている姿が可愛《かわい》すぎて、網膜に焼き付けねばと思いました！」

モニカはそう言うと、

「いやー、膝枕をするアンナさん、良かったですー。普段、私相手に叱ってる時とは全然態度が違ったというかー」

「……パパ、モニカちゃんを押さえておいてくれる？」

「ん？　どうしてだ？」

「今の記憶を持ったまま、この家から出させるわけにはいかないから。ここで見聞きしたことは全部忘れさせるわ」

「ええっ!?　アンナさん、なんでフライパンを持ってるんですか!?　忘れさせるってもしかして物理的に!?」

顔を引きつらせるモニカの下に、笑顔のアンナが歩み寄る。

「もちろん♪　何もかもなかったことにしないとね」

「ひゃあああああ!?」

我が家のリビングには、モニカの悲鳴が響き渡るのだった。

第十三話

　また明くる日のことだった。

　エルザとアンナが出勤すると、俺はメリルの布団に向かう。

　平日にもかかわらず、ぐっすりと寝ている彼女を起こすためだ。このままでは魔法学園の授業に遅刻してしまう。

「メリル。もう起きる時間だ」

「むにゃむにゃ……」

「ダメだ。完全に爆睡してるな」

　布団越しに肩を揺さぶってみるが、微動だにしない。

「仕方ない。ここは荒療治といくか」

　こうなったらもう、布団を引っ剝《ぺ》がすしかない。

　全裸で寝ているメリルのことだ。

　肌寒さに嫌でも目を覚ますことだろう。

「許せ、メリル――それっ。ん!?」

　布団を引き剝がした俺は、自分の目を疑った。

予想通り、メリルは一糸まとわぬ姿で寝転がっていた。

予想外だったのは、メリルの身体《からだ》だった。

――成長していた。

胸は大きく膨らみ、手足はすらりと長く、背も伸びていた。

可愛らしい美少女だったのが、スタイル抜群の美女に変貌を遂げている。サナギが蝶《ちょう》になるというよりは、全く別の生物になったかのような。

「むふふ。パパ、ビックリしてるねー」

目を覚ましたメリルは、俺の反応を見るとにやりと笑った。

「ボクちゃん、ナイスバディでしょ？」

「メリル、いったい何があったんだ？」

「大きくなったの。成長期だからねー」

「だとしても、一夜にしてこんなに成長するものか？」

普通はもっと段階を踏んでいくものじゃないのか？ ホップステップが抜けていきなりジャンプしたようなものだぞ？

「実はボクが開発した魔法薬を使ったの」

「魔法薬？」

「そう！ 飲んだらナイスバディになれるの」

なるほど、魔法薬の効果か。

それならこの急激な成長にも説明がつくな。

「なんだ。スタイルよくなりたかったのか？」

「そうだよー♪」

とメリルは笑顔で応えた。

「ナイスバディになったら、パパはボクにメロメロになると思って。どう？　ボクのこと大好きになってくれた？」

「メリルは何か勘違いしているみたいだな」

「へ？」

きょとんとするメリルに、俺は言った。

「別にナイスバディにならなくとも、俺はメリルのことが好きだぞ」

「おおーっ！　やったー！」

メリルは目に見えて大喜びする。

「パパ、大好きー♪」

甘えるようにぎゅっと俺に抱きついてきた。

胸元にすりすりと頬ずりしてくる。

普段よりもスタイルがいいから、何だか妙な感じだ。

「ねえパパ、ボクと結婚しよ♪」

「また随分と唐突だな」

俺は苦笑いを浮かべる。

「メリルと結婚したら、エルザとアンナはどうするんだ?」

「それはもちろん、いっしょに住むよー。ボクたち家族は仲良しだから。皆でイチャラブしながら楽しく暮らそうね♪」

「なら、今と変わらないだろう」

「あれ? ホントだ?」

メリルはそこではっとした。

「――ってことは、ボクとパパはもう実質結婚してるってこと?」

「いや、そうはならないだろ」

拡大解釈がすぎる。

「どうしてまた結婚しようなんて言い出したんだ?」

「それはねー。パパが他の女の人に狙われてるって聞いたから。その前にボクがパパと籍を入れて寝取っちゃおうかなって♪」

「もしかして、リリスのことを言ってるのか?」

「気づいてないと思った? ボクはパパのことは何でも知ってるからね。ふふん。寝取られて脳を破壊されるのは向こうだから♪」

最近の娘たちの様子が妙だと思っていたが……。

あれはリリスのことを知っていたからか。

「まあ、敢《あ》えて言う必要もないかなと思ったから言わなかっただけで。隠していたつもりはなかったんだがな」

「ほんとにー？」

「ああ」

「パパがそう言うなら、本当なんだろうけど」

とメリルは言った。

「でも、リリスさん、パパを落としてみせるって言ってたよ？」

「俺は落とされるつもりはない」

「男の人を絶対に惚《ほ》れさせる魔性の女だってさ」

「今までの男はそうだったかもしれない。だが、絶対ではない。俺が彼女にとっての例外になればいいだけの話だ」

「おおー。格好良いー」

メリルが拍手を送ってきた。

「まあ、そういうわけだから。安心してくれ」

俺はメリルの頭を撫《な》でてやる。

「そもそも今はリリスが熱を上げているが、いずれ醒《さ》めるかもしれない。冷静になれば俺なんかではつり合わないと彼女も分かる」

舞踏会の夜に魔族から助けられたから、舞い上がっているだけだ。

若い娘にはよくあることだろう。

「えー。ボクはパパはちょーイケメンだと思うけどなー」

まあ、それは娘のひいき目だろう。

今までの人生でも大してモテたことはない。

異性であるレジーナとエトラと長年パーティを組んできたが、そういう関係になることは全くなかったしな。

第十四話

ある日の夜。

冒険者ギルドの二階に位置する酒場にて。

任務終わりのレジーナとエトラがテーブルを挟んで向かい合っていた。

剣士のレジーナと、魔法使いのエトラ。二人はカイゼルが昔組んでいたパーティの仲間である。

木製のテーブルの上には、空になったジョッキがすでにいくつも並んでいた。

二人の顔は良い感じに赤らんでいる。

もうかなり出来上がっているようだ。

「全く。なぜ私がお前と任務に赴かないとならないんだ。私一人なら、もっと早くに任務は終わっていたのに」

「ふん。それはこっちのセリフよ」

そして、二人は互いに犬猿の仲でもあった。

「本当ならあんたと二人きりで任務なんて絶対嫌だったけど。あのギルドマスターの小娘に言われたら従わざるを得ないから」

「お前、アンナに借金をしているそうだな。ギャンブルが原因とか」

「あのね。借金だなんて、人聞きの悪いこと言わないでくれる？　あたしはあの子に未来への投資をして貰《もら》ってるの」

「金を借りてることに変わりはない。……いい年をして、年下の娘に借金とは。大賢者の名が聞いて呆《あき》れるな」

レジーナは失笑した。

「そういうあんたこそ、あの子の言いなりだったじゃない」

「……奴《やつ》が任務を断れば、私に仕事を回さないなどと脅してくるからだ。あれは完全に職業的地位の濫用だろう」

「冒険者を干されたら、あんた他の仕事とかできなそうだもんね」

「お前だってそうだろう」

「あたしはギャンブラーとして食べていけるから」

「いや、食べていけていないだろう。むしろ枷《かせ》になってるだろ。そのせいでアンナに金を借りる羽目になっているんだ」

レジーナはそう言うと、

「そういえば、カイゼルは以前、婚活をしているとか言っていたが。あれからどうなったのか聞いていないか」

「なに。気になってるわけ？」

「話題も尽きたから、戯れに訊《き》いてみただけだ。勘違いするな」

「ふーん。ホントはずっと訊きたがってたように思えたけど。……まあいいわ。あたしは特に何も聞いてないけど」

「そ、そうか。では上手《うま》くいっていないわけだな」

「ま、あいつもいい年だから。子供も三人いるわけだし。そんな訳ありと結婚したがる子はそういないでしょ」

「だろうな」

「あいつを元々知ってる人とかなら話は別だけど」

「まあ、そうでもないと奴を引き取る者はいないだろうな」

「言えてる。カイゼルは悪い奴じゃないけどね」

「他の連中には奴の良さは分からんだろうからな」

レジーナとエトラは互いに目を合わせると、上機嫌に笑い合う。

普段は仲違《なかたが》いしている二人だが、ことこの件については話が合う。

「おい、葡萄酒《ぶどうしゅ》をもう一杯くれ」

追加で注文した葡萄酒を喉に流し込み、カイゼルに相手は見つかっていないらしいことに二人が安堵《あんど》していた時だった。

「カイゼルさんなら、お相手見つかったそうですよ？」

「「!?」」

突如として降ってきた声が、二人の酔いを醒ました。

「お前は確か……ギルドの受付嬢の」

「モニカです！」

「それよりさっきの話、どういうこと!?　カイゼルに相手が見つかったって！　あいつと結婚したい子がいたわけ!?」

「く、苦しいです……！」

勢いあまったエトラに胸倉を摑《つか》まれるモニカ。

「おいエトラ。それでは話が聞けんだろう」

レジーナが制止に入ったことで、解放される。

「あー。一瞬、お花畑が見えました……」

モニカはそう言って胸をなで下ろすと、

「カイゼルさんに求婚する女性が現れたんですよ。貴族のフローシアル家の令嬢でリリスさんと言うらしいです」

「それ本当？　与太話じゃないの？」

「根も葉もない噂《うわさ》だ」

「いえ。リリスさん自らがカイゼルさんのご自宅を訪れて、必ずものにしてみせると宣戦布告したそうですよ」

「「え」」

「私も見たことありますけど、リリスさん、すっごい美人さんなんですよねー。カイゼルさんもコロッと落ちちゃうかも」

「「…………」」

「あれ？　お二人ともどうしたんですか？　顔を引きつらせて。お仲間のめでたい話を聞いて喜ぶのかなと思ってたんですけど……」

レジーナとエトラは引きつった顔を見合わせたままフリーズしていた。心地の良い酔いはもうすっかり醒めていた。


「おえー。気持ちわる……」

二人が店を出た後。

路地にしゃがみ込んでえずいていたエトラが戻ってくる。

「酔った良い気分が台無しになったわ。最悪」

「しかし、まさか奴に求婚する相手が現れるとはな……」

レジーナは信じられないというふうに呟《つぶや》いた。

「カイゼルの反応はどうだったのだろうか」

「あのモニカって子はまんざらでもなさそうって言ってたけど」

エトラはそう言うと、

「それにしてもリリスとかいう女、急に出しゃばってくんじゃないわよ。カイゼルに目をつけてたのはあたしの方が先なのに」

そこでふと言い訳するように付け足した。

「あ、いや、別に好意があるとかそういうわけじゃないわよ？　ぽっと出の女にカイゼルを取られるのが気に入らないだけ」

「ああ、そうだな」

レジーナは頷《うなず》いた。

「他人の獲物を横取りとは行儀の悪い奴だ」

その時だった。

通りがかった男たちの会話が聞こえてきた。

「さっき歩いてたの、リリス様だろ。氷の令嬢の」

「すっげえ綺麗《きれい》だったよな」

エトラとレジーナの耳がぴくりと動いた。

互いに顔を見合わせる。

「どうする。一度面《つら》を拝んでやるか」

「ええ、そうね」

二人は頷き合うと、男たちの下へと歩み寄る。

リリスを見かけた場所と、彼女の外見的な特徴を聞き出すと、目撃情報のあった通りに向かって二人は駆けていった。

対象はすぐに見つかった。

エトラの遠視魔法が彼女の姿を捉えたからだ。

「見つけた！　間違いない。あの女よ」

通りを歩いているリリスを目視する二人。

彼女の美しさは、周りの風景から浮いていた。

雑草ばかりの草原に一本、華やかな薔薇《ばら》が咲いているかのようだ。

「ふーん。散々男を魅了してきたって言うほどのことはあるわね。と言っても、あたしと比べると大したことないけど」

レジーナはエトラの呟きをスルーすると、

「しかし、妙だな。こんな深い時間に、貴族の令嬢が通りを一人で歩いているとは。少々不用心ではないか？」

「確かにね。普通ならお付きの者を連れているはずだもの」

「温室育ちだから、危機管理能力が欠けているのか？」

「だとしたら良いけど」

エトラはそう呟くと——。

リリスの歩いて行く方向を見て、表情に暗い陰を過《よぎ》らせた。

「……どうやら、そういうわけでもなさそうよ」

「む」

リリスは通りを外れると、路地に入っていった。

そこは月明かり以外の光が届かない暗闇。

酒場や宿などが軒を連ねるなどということはなく、建物の背中だけが並び、何もない道が暗闇の中に延々と伸びていた。

普通の人間であればまず立ち入らないような場所だ。

たとえば何か見られたくない用でもない限りは——。

「奴め。どこに向かうつもりだ？」

とレジーナが怪訝《けげん》そうに呟いた。

「少なくとも、まともな場所ではなさそうね」

「どうにもきな臭いな。後をつけるか」

「えぇ。だけど、向こうも尾行を警戒してるでしょうから。隠遁《いんとん》魔法を使うわ。あんたにも掛けてあげるから。こっちに来なさい」

エトラは自分とレジーナに隠遁魔法をかけた。

二人の身体《からだ》を纏《まと》う魔力が、周囲の視覚を阻害する。

「これであたしたちの姿は周りから見えなくなったわ。相手が相当の魔力を持つ者でない限りは姿を視認できないし、声も足音も聞こえない」

「ふん。こういう時、魔法というのは便利だな」

「あんたも覚えてみれば？　カイゼルみたいに魔法も剣も使えるようになれば、戦いの幅もぐっと広がるわよ」

「私は奴のように器用ではないからな」

「ま、それもそうね。カイゼルもあたしに比べるとまだまだだけど。剣と魔法をあれだけ習得できるのはそういないわ」

「無駄話が過ぎたな。奴を追うぞ」

二人は会話を打ち切ると、距離を取りながらリリスの後を追いかける。煌《きら》びやかな彼女は闇の中でも燐光《りんこう》を放って見えた。

リリスが二人の尾行に気づいた様子はない。

当然だ。

大賢者の異名を持つエトラの隠遁魔法は、それなりの魔力を持った魔法使いですら看破することは至難の業なのだから。

一般人であるリリスには見破れるはずもない。

それ故に――。

エトラとレジーナはリリスのすぐ傍《そば》を歩いていた。ほとんど併走しながら、リリスの姿をまじまじと舐《な》めるように観察する。

「なんか性格悪そうな顔してるわねー。絶対B型よ、この子」

「ふん。手のひらに血豆の一つもないとは。鍛錬が足りないな。大方、屋敷でぬくぬくとした暮らしを送っているのだろう。

修羅場を潜《くぐ》ったこともない女が、奴《やつ》の伴侶になろうとするとは。ほとほと呆《あき》れる。それでは奴の背中を任せることはできん」

「けど、年の割に生意気な身体してるわね。胸もそこそこあるし。腹立ってきたわ。乳首をちょいとつねってやろうかしら」

などと好き勝手なことを言いながら尾行を続けていた。

リリスは二人の存在などまるで気にも留めず、暗く入り組んだ路地を進んでいく。人目をひたすら避けるように。

やがて路地を抜けると、そこは街の一番外れだった。

水路の果てがあり、城壁を隔てて、街の外にある壕《ほり》と繋《つな》がっている。

暗闇に包まれた、誰の目にも届かないその場所にリリスは立っていた。動かないところを見るとここが目的地のようだ。

「こんなところに何の用だ？」

「待ち合わせでもしてるんじゃないの」

「人目を忍んで会わねばならん相手ということか」

「にしても、忍びすぎな気がするけど」

その時だった。

リリスの足下に広がっていた影溜《かげだ》まりが揺らぎを見せた。

深海から浮上するかのようにぬうっと人影が這《は》い上がってくる。

「なッ……!?」

エトラとレジーナはそれを見て思わず驚愕《きょうがく》の声を上げてしまう。

足下の影からいきなり人が現れたからというのもある。

だが、それ以上に——。

出現したのが、予想外の人物だったからだ。

頭部に屹立《きつりつ》する角。

全身から立ち上る禍々《まがまが》しい瘴気《しょうき》。

身に纏った黒い外套《がいとう》。そして赤目。

リリスの逢瀬《おうせ》の相手は――魔族だった。

「リリス。ご苦労だった」

「いえ。まさか往来でノワール様と会うわけにはいきませんから」

「くく。お前の影からいきなり魔族の俺が出現したところを見られようものなら、王都はパニックになるだろうからな」

「……ええ。それに私たちの繋がりを悟られるわけにはいきません」

「名家であるフローシアル家の令嬢が魔族と繋がりがあると知られれば、即座に破滅すること請け合いだ」

ノワールと呼ばれた魔族の男はどこか愉《たの》しそうに言うと、目つきを鋭くした。リリスを見据えると低い声で問うた。

「だが、お前は俺と組む道を選んだ。そうだな？」

「……ええ。分かっています」

リリスは魔族の問いに真剣な顔つきで応える。

それを少し離れたところから――エトラとレジーナが見聞きしていた。目の前の光景を見て互いに言葉を交わし合う。

「聞いた？　あの女――魔族と繋がっていたなんてね」

「奴はどこから入り込んだのだ。この街にはお前が張った結界があるだろう。それを突破したというのか。だとすれば相当の手合いだが」

「あんたも見てたでしょ。あいつがあの女の影から現れたのを。他人の影を経由して移動できるとかそういう力だと思うわ。

だから、結界が破られたわけじゃない。

あいつ自体は大したことないわ。あたしたちの隠遁魔法も見破れてないし。カイゼルの娘たちだけでも勝てるわよ」

「私としては歯応えがあった方がいいのだがな」

二人がそんな会話をしていた時だった。

ノワールがリリスに言葉を投げかける。

「それよりどうだ。奴は」

「カイゼルのことですか？」

「ああ。落とすことはできたか？」

「……いえ。まだ」

「この計画はお前に掛かっているんだ。そんな体たらくでは困るな」

「……申し訳ございません」

ノワールはふんと鼻を鳴らすと言う。

「魔王様の復活に際して懸念事項となるのはカイゼルの娘たちだ。勇者の血を引く奴らは魔王様にとっての天敵。唯一傷を負わせることができる存在だからな。故に娘たちを早急に始末しなければならない。

だが、奴らは強い。正攻法では葬り去ることはできないだろう。それに娘たちの他にも王都には手練《てだ》れが揃《そろ》っている。

しかし――娘たちにも弱点がある。それが父親であるカイゼルだ。

娘たちはカイゼルのことを溺愛している。奴を従わせることができれば、娘たちを支配することも可能だ。

ただカイゼルは娘たち以上に強い。剣術も魔法も最強レベルの使い手だ。普通であれば従わせることなど到底できない。

そこで必要になるのがリリス――お前の力だ」

ノワールはリリスを見やると、邪悪な笑みを浮かべる。

「サキュバスの血を引いているお前は、自分に惚《ほ》れさせた男を下僕として意のままに操ることのできる能力を持っている。

カイゼルを従わせ、我々の手駒として味方につける。そうすれば勇者の血を引く娘たちも一網打尽にできるだろう。そのために俺は三文芝居を演じ、お前とカイゼルを近づけるきっかけを作ったのだ。後は奴を惚れさせるだけだ。リリス——魔族の未来はお前の器量にかかっているんだ。必ず奴を落としてみせろ。俺をこれ以上失望させてくれるなよ」

「……ええ。分かっています」

ノワールに念を押され、リリスは深く頷《うなず》きを返した。その様子を少し離れた場所から聞いていた二人はひそひそと声を漏らす。

「なるほど。奴がカイゼルに近づいたのには、こんな裏があったとは」

「おかしいと思ったのよねー。若い貴族の令嬢があいつに求婚するなんて。言ってみればこれは美人局《つつもたせ》だったわけか」

「くっくっく。これは傑作だな」

「レジーナ、あんた何か嬉《うれ》しそうじゃない？」

「ふん。そういうお前こそ。頬が緩んでいるが」

エトラとレジーナは顔を見合わせると、ニヤニヤと笑っていた。二人の胸に去来したのは何よりもまず安堵《あんど》の感情だった。

絶世の美女であるリリスはカイゼルに惚れていたわけではなかった。

打算的な黒い目論見《もくろみ》が裏にあった。

だとすれば——遠慮なく潰すことができる。

二人の内心はウキウキだった。

「あの魔族はリリスがサキュバスの血を引いていると言っていたが。だとすれば、リリスも魔族だということか」

「んー。けど、あの子からは魔族特有の瘴気が感じられないのよね。サキュバスである以上、魔族の血を引いてはいるんでしょうけど。純正の魔族ってわけではないんじゃない？」

「というと」

「たとえば、親のどっちかが魔族だったりとかね。サキュバスの血を引いてるなら、母親がそうじゃないかと思うけど」

「人間と魔族の間に生まれた子ということか。……ふん。貴族がサキュバスにまんまと誑《たら》し込まれたといったところか」

レジーナは呆れたようにそう言うと、

「だが、奴の目論見が分かった以上、指を咥《くわ》えて見ているわけにはいかないな。幸い、月以外に見ている者もいない」

「ええ。縁を切る免罪符も手に入れたことだし、ぶっ潰しましょうか」

応えるエトラは好戦的な笑みを浮かべていた。

二人は隠遁《いんとん》魔法を解除すると、ノワールとリリスの下へと歩み寄る。突如として現れた足音と気配にノワールたちは振り返った。

「な、なんだお前たちは……！　いったいどこから現れた！」

人影の正体を視認した瞬間。

ノワールは驚愕に目を見開いた。

「大賢者エトラと、剣士レジーナか……!?」

「あら。あたしたちのこと、知ってくれてたのね。ご名答よ。あんたたちの目論見は全部聞かせてもらったわ。二人とも、隠遁魔法に全然気づかないんだもの」

「リリス……！　貴様、つけられていたのか!?」

ノワールはリリスの方を忌々しげに睨《にら》み付ける。

「っ……！」

リリスは自分の失態を恥じるように唇を噛《か》み締める。

「そんな顔をしたら、せっかくの美人が台無しよ？　それにリリスだけを責めるのはお門違いじゃないかしら。

純正の魔族のくせに隠遁魔法も看破できずに、ぺらぺらと自分たちの目的を話し続けたあんたにも非があると思うけど？」

「ちっ……！」

目を剝《む》いたノワールに、エトラは不敵な笑みを浮かべて言い放つ。

「よくもあたしの仲間に美人局なんて舐《な》めた真似《まね》をしてくれたわね。この落とし前、たっぷりとつけさせてもらうわよ」

「精々、抵抗して楽しませてみせろ」

レジーナも背中に担いだ大剣の柄《つか》に手をかける。

臨戦態勢に入った時だった。

「くっ……！　俺は一旦離脱する！　後は任せたぞ！」

大賢者と歴戦の剣士を前に勝ち目がないと判断したのだろう。

ノワールは戦意を見せることもなく、撤退の意思を見せた。

「こいつ——影の中に逃げようと……！」

「そうはさせないわ！　喰《く》らいなさい！」

ノワールがリリスの影に潜り込もうとする瞬間、エトラは素早く魔法を放った。風の刃が右腕を勢いよく両断する。

「ぐあああああ……!?」

悲鳴を上げるノワール、その身体《からだ》を細切れにしようと追撃の風の刃が迫る——が、それよりも僅かに早く、その身体は影溜《かげだ》まりの中に沈んだ。

悲鳴の残響だけを残し、その場からいなくなる。

「ちっ。仕留め損なったわ。すばしっこい奴《やつ》ね」

「追うか」

「ムダよ。もうとっくに王都の外に出てるでしょ」

「奴め。最初から戦うつもりは毛頭ないようだったな」

「賢明な判断ね。あたしたちを相手にすれば、勝ち目なんてないもの。それにしても仲間を置き去りにするのはどうかと思うけど」

エトラはそう言うと、リリスの方を見やる。

「どうする？　あんたも影の中に逃げ込む？」

「……私にはそのような能力はありません」

「でしょうね。サキュバスにできる芸当じゃないもの」

エトラは小馬鹿にするように鼻を鳴らす。

「まさか貴族の令嬢が魔族だったなんてね。なに？　王都に潜伏するために、リリス本人を殺して入れ替わったわけ？」

「私は正真正銘のリリス＝フローシアル本人です」

「どうだか。魔族の言うことだもの。信用できないわ」

「魔族である前に、私はフローシアル家の令嬢です。嘘偽《うそいつわ》りは申しません。あなたのその言葉は当家に対する侮辱です。取り消しなさい」

「随分と強気ね。あんた、今の自分の状況分かってるわけ？」

「ええ。魔族との繋《つな》がりや私自身の正体、目論見が露呈し、王都有数の強者《つわもの》たちに退路を塞がれてしまっている。絶体絶命と言えるでしょうね」

「それにしては、随分と冷静ね」

「取り乱したところで、状況は好転しませんから」

「……ふん。肝は据わっているようだな。大したものだ」

レジーナは剣を構えながら敵に対する賛辞の言葉を述べる。

「あなたたちは、私をどうするつもりですか？」

「もちろん、仕留めるに決まってるでしょ」

「私は純血の魔族ではありません。サキュバスとしての能力を有しているだけで、外見はただの人と変わりません。

魔族であることの証拠も、サキュバスであることの証拠もない。故に私を仕留めようと魔族であることは証明できません。

あなたたちが私を仕留めれば、フローシアル家の令嬢に手をかけたことになり、あなたたちが罪に問われてしまいますよ」

「確かにそうかもね。だけど、それも遺体が見つかればの話でしょ？　証拠を残さず秘密裏に始末すれば何の問題もない。

幸い、ここは人気《ひとけ》がないことだし。唯一の目撃者の月は口が固いでしょうから。全てを闇の中に葬り去れるわ」

エトラはそう言って一蹴すると、

「カイゼルには伝えておいてあげる。あんたがよろしく言ってたって。せめて記憶の中でだけは綺麗《きれい》なままでいさせてあげる」

「せめてもの情けだ。一瞬で楽にしてやろう」

肩に大剣を担いだレジーナが、リリスの下に歩いて行く。

リリスにとっては絶体絶命の状況。

普通の人間であれば思考を放棄して錯乱したり、許しを請うたりする場面。

しかし彼女の凛《りん》とした表情は揺らがなかった。

それどころか。

一歩、また一歩と処刑人のレジーナが近づいてくる間も思考をフル回転させ、生き残るための策を模索していた。

――何か。何かないか。

二人が自分を仕留めるのに躊躇《ちゅうちょ》させるだけの材料。

邂逅《かいこう》してから今に至るまでの言葉を全てさらう。表情、そして仕草から彼女たちを思いとどまらせるものを探り当てようとする。

その間にも、レジーナはリリスの目の前に立っていた。

「お前のその胆力に免じて、神に祈るだけの猶予をやろう。……いや、違うか。魔族が祈るのは神ではなく魔王か」

こうして間近で相対すると、圧倒的なまでの力の差が際立つ。

死がすぐ目前に迫ってきている。

その瞬間、生命の危機を察知したリリスの脳裏に電流が走った。それは天啓と言ってもいいくらいの閃《ひらめ》きだった。

そうだ。もしかすると――。

「では――終わらせてやろう」

レジーナがリリスの脳天を砕こうと大剣を振り下ろそうとした瞬間――。

リリスは思わず声を上げていた。

絶望的な状況を変える、起死回生となりえるかもしれない一言を。

「あなたたちは、カイゼルを私に取られるのが怖いのですか？」

「「──っ!?」」

リリスの一言はレジーナの耳朶《じだ》を叩《たた》いた。

その瞬間、レジーナの腕の筋肉に電流が走った。勢いよく振り下ろされた剣は、リリスの額を打ち砕く寸前のところで停止する。

「……今際《いまわ》の際《きわ》に何を言い出すかと思えば」

「よりによってあたしたちがビビってるですって？」

二人の反応を目の当たりにしたリリスは確信した。

自分の推測は間違っていなかった。

この二人はカイゼルに好意を持っている。

仲間としてではなく、異性としてカイゼルを見ている。

「ええ。何度でも言ってあげましょう。あなたたちは恐れているのです。私によって愛《いと》しのカイゼルが誑《たぶら》かされてしまうことが。

あなたたちが私を倒そうとしているのは、大好きなカイゼルが私に取られてしまうのが怖くて堪《たま》らないからでしょう？」

「ば、バカを言うな！　そんなはずないだろう！　私がお前を討とうとしているのは、お前が魔族の一味だからだ！　それ以上でもそれ以下でもない！　ましてカイゼルに好意を抱いているなどということは……！」

「そうよ！　勘違いするのはやめてくれる!?」

二人が食い気味に否定してくるのを見て、リリスはますます確信を深める。好意を抱いていないなら、こんなふうにムキにはならないはずだ。

やはりそうだ。

彼女たちはカイゼルにベタ惚《ぼ》れしている――。

「ふふ。女性としての魅力ではこの私に敵《かな》わないと思っているから、あなたたちは武力に訴えようとしているのでしょう。

私が魔族と通じていると知った時、内心嬉《うれ》しかったのではないですか？　これで恋敵を排除する口実ができたと」

「「ギクッ！」」

エトラとレジーナの顔が引きつった。

「どうやら図星のようですね」

リリスはくすりと笑みを浮かべる。

「はあ!?　勝手に決めつけないでくれる!?　言っとくけど、あんたよりあたしの方が魅力的な美少女だから！」

「エトラお前、もう美少女という年じゃないだろう」

「うっさい！　心はいつだって十七歳よ！」

「いずれにせよ、見当違いなレッテルを貼られるのは不快だ。私が剣を振るう理由に濁りがあると思われるのは敵わん」

「あなたたちが私を討つ方法は何も武力だけではありません。あなたたちは私より先にカイゼルを落とせばいいのです。そうすれば私の目論見《もくろみ》も阻止することができるのですから」

そう言うと、リリスは挑発するような笑みを浮かべる。

「それとも、自らの魅力のなさを知るのが怖いのですか？」

それはあからさまな焚《た》きつけだった。

分別のつく大人であれば容易にスルーできるような。

しかし、エトラとレジーナにはそれはできなかった。

なぜなら、二人とも大人になりきれない社会不適合者だったからだ。

「上等じゃない！　いいわよ、やってやろうじゃないの！　あんたよりあたしの方が魅力的だってことを見せてやるわ」

「私は侮られることが何よりも嫌いだ。受けて立とうではないか」

完全に挑発に引っかかっていた。

それを見たリリスは更に不敵な笑みを浮かべる。

「ふふ。威勢は買いますが、魔法と剣術にばかり打ち込んできたあなたたちに、カイゼルを落とすことができるとは思えませんね」

「舐《な》められたもんね。あたしは大賢者、天才なの。できないことなんて何もない。あいつを惚れさせるのだって余裕よ」

「良いことを教えてやろう。私は今まで狙った獲物を仕留め損なったことがない。それは奴に関しても同じことだ」

「自信がおありなのですね。それでは一時休戦としましょう。武力ではなく、カイゼルを惚れさせることによって私を止めてみなさい。

もっとも——あなたたちには不可能だと思いますが」

「言ってくれるじゃない。その余裕面《づら》がいつまで持つか楽しみよ。吠《ほ》え面掻《か》かせてやるから覚悟してなさい」

「お前の土俵で叩きのめした上で、改めてお前の首を狩ってやる。完膚なきまでに息の根を止めてやろう」

エトラとレジーナは宣戦布告を叩き込む。

「今までは本気を出してなかっただけで、本気を出せばカイゼルを惚れさせることなんて楽勝よ。

それにこれはリリスの目論見を打ち砕くためだから。まあ、カイゼルがその気になればあたしも乗ってあげるけど」

「ああ。言わばこれは任務だ。だが私も非情な鬼ではない。奴《やつ》を仕留めた暁にはその責任は負うつもりだ」

リリスの企《たくら》みを阻止するために仕方なく――。

その言い訳を楯《たて》にすることで、プライドの高い二人もアプローチできる。内心では口実が出来たことを喜んでいた。

リリスもまた、ほくそ笑んでいた。

「カイゼルを惚れさせれば、奴を支配することができる上に、王都屈指の手練《てだ》れたちの脳を破壊することができる。敵の戦力を一気に削《そ》ぐことができます。

……うふふ。サキュバスの血を引く私にかかれば、カイゼルを惚れさせて骨抜きにすることなど造作もありません」

夜の王都の外れにて、それぞれの思惑が交錯していた。こうして――裏では密《ひそ》かに彼女たちの戦いが開戦されたのだった。

何も知らないのはカイゼル一人だけだった。

第十五話

明くる日。

俺の家に意外な訪問者があった。

「レジーナじゃないか。珍しいな」

冒険者ギルドで会うことはあるが、家に訪ねてくることは少ない。

俺としてはもっと交流を持ちたいのだが……。

「ふらっとやってくるような奴じゃないからな。わざわざ訪ねてきたってことは、何か用があるんだろう？」

「ふん。察しがいいな。その通りだ」

レジーナは口元に笑みを浮かべると、背中に担いでいた大剣を抜き、剣先を俺の喉元に突きつけながら言った。

「今日はお前を仕留めに来た」

「…………え？」

突然の宣戦布告に俺はきょとんとした。

仕留める？　俺を？

「なんだ急に。物騒なことを言い出して。決闘の申し込みか？　別に構わないが、洗濯物を干してからにしてくれ」

「いや違う。そうではない。お前と戦うつもりはない。今のは何というか、私なりの決意表明をしただけだ」

「……どういうことだ？」

「私は今日、任務がないから時間を持て余していてな。暇なら付き合え」

「ああ、遊びの誘いか」

と俺は得心した。

「だけど、それと俺を仕留めに来たという言葉は繋《つな》がらないと思うけどな……」

「気にするな。で、どうなんだ」

「別に構わない。今日は俺も休みだからな。あ、でもちょっと待ってくれ。娘たちの洗濯物を干しておきたいから」

「お前もすっかり主夫姿が板についているな」

呆《あき》れるレジーナ。

洗濯物を干し終えると、俺は彼女と共に街へと繰り出した。

「しかし、妙なこともあるもんだ。お前が俺を遊びに誘ってくるなんて。声が掛かるのは戦いが絡む時だけだと思っていた」

「人を戦闘狂みたいに言うのはやめろ。私にもプライベートはある。それを他の者と共有したいと思うことだってな」

レジーナは不満そうに呟《つぶや》いた。

「それともなにか？　お前は私と戦いが絡む時以外で関わるのは不満か？」

「いいや、そんなことはない。他人を寄せ付けないレジーナが、他人と時間を共有したいと思うことが意外だっただけだ」

そう言うと、レジーナに微笑《ほほえ》みかける。

「俺としては、いっしょに過ごせてむしろ嬉しいくらいだ」

「……っ!?」

「どうした？　面食らったような顔をして」

「い、いや、何でもない……！」

レジーナの頬には朱が差している。

「……あ、危ないところだった。奴を仕留めに来たつもりが、うっかり私が仕留められてしまうところだった……！」

何やら忌々しげに呟いていた。

「それで？　どこに行くんだ？」と俺が尋ねる。

「私の行きつけの店だ」

「へえ。レジーナは昔から食にはこだわりがあったからな。楽しみだ。定食屋か？　意外と洒落《しゃれ》たカフェだったりしてな」

そして連れてこられたのは酒場だった。

昼間から空《す》いている、無骨な酒場だった。

お酒落さの欠片《かけら》もなかった。

……まあ、酒場といっても、料理がおいしい酒場もあるし。レジーナは食を楽しむために通っているのかもしれない。

「店員。とにかく強い酒を二つだ」

だがレジーナは着席早々に酒を注文しはじめた。

「おいおい、昼から酒を飲むのか？　というか、なんだその注文の仕方は！　味じゃなくて度数で決めるやつがあるか！」

「悪いか？　私は休みの日はいつもそうだ。昼になるとこの店に来て、閉店するまで延々と酒を飲み続ける」

「いつもこんな飲み方をしてるのか……？」

「他にすることもないからな」

戦慄する俺に、レジーナはそう応えた。

「だからなるだけ任務を入れるのだが、それでも空きになる日は出てくる。そうなると酒でも入れないと退屈すぎて過ごせない。時間の流れが異常にゆっくりに感じるからな。私くらいの年齢の、趣味もない独身連中ともなるとだいたいこんなものだ。生きてはいるが、ただ生きているだけ。ゾンビのようなものだ。酒を飲んで酔わないと一日正気を保っていられない」

「…………」

あまりにも深すぎる闇の吐露に俺は言葉を失ってしまった。

しかも同情を求めたり、自嘲するような言い方ではなく、ただ淡々と事実を語っているだけのようなのが余計に威力が強かった。

「そうだ。なら趣味を作るのはどうだ？　筋トレでも散歩するでも何でもいい。趣味に没頭すれば休みの日も退屈せずに済むだろう。ペットを飼うのもいいかもしれない。日々に癒やしが生まれるぞ」

「一応、試してみたことはある。だが結局、どれも興味を持てなかった。年を取ると没頭できるものを探すのも難しい。元々、剣にしか興味がないというのもあるが。

それにペットを飼うのはダメだ。冒険者は明日の身も知れない職業だからな。いつ私がいなくなるか分からないのに、無責任に飼うことはできん」

レジーナは昔から己を高めること以外に興味がない奴だった。それが今になって趣味を見つけろと言われても難しいか。

ペットの件については彼女の言い分はもっともだ。

冒険者のように不安定な職業だと家を空けがちだし、帰らぬ身となった場合にはペットを置き去りにすることになる。

世話をする人がいなければ、立ち行かなくなってしまう。

「じゃあ、恋人を作るのはどうだ？」

「ここ、恋人だと……!?」

俺の提案に、レジーナは狼狽《ろうばい》していた。

「ああ。大切な人が出来れば、日々に潤いが出るかもしれない。取りあえずお試しにでも悪くないんじゃないか」

「……お前、随分と簡単に言ってくれるな」

レジーナはぎろりと睨《にら》んできた。

「興味が持てないか？」

「それ以前の問題として、相手はどうする。お前も知っていると思うが、私は今まで誰かと付き合った経験などない。戦いの日々に明け暮れていたからな。そんな人間と交際したいと思う男がいるとは思えん」

「なんだ。そんなふうに思ってたのか」

俺は苦笑を浮かべた。

そして思っていることを口にする。

「大丈夫だよ。レジーナは自分が思ってるより、魅力的な人だから」

「にゃっ……!?」

「なんだ急に。ネコみたいな声を出して」

「お、お前！　何を言い出すかと思えば！　いきなり歯の浮くようなセリフを！　心臓が止まるかと思っただろう！」

「そこまで驚くようなセリフだったか……？」

歯の浮くようなセリフと言われても、特に格好付けたつもりはない。

ただ思ったことを口にしただけだ。

レジーナと長年ともに過ごしてきた俺だからこそ理解《わか》る。

彼女は剣に一途《いちず》で、妥協することなく常に高みを目指していて、そんな真《ま》っ直《す》ぐな芯の通った生き様は中々できることじゃない。

「……そ、それならお前が私と……」

「ん？」

「な、何でもない!!」

何かぼそりと言いかけようとしたのを、レジーナはすぐに撤回した。顔を赤らめながら必死に誤魔化そうとしている。

「そ、そうか……？」

あまりの剣幕にこれ以上は踏み込んではいけないと判断する。

何を言おうとしていたんだろうか。

「くっ……！　今のは絶好の仕留め時だったというのに……！　なぜ臆した……！　戦いではこんなことは一度もなかった……！」

頭を抱えていたレジーナは、運ばれてきたハイエールをがぶ飲みしていた。大ジョッキになみなみと注がれていた度数の高い液体が、喉元を勢いよく駆け抜けていく。

やけ酒という言葉がこれほど似合う光景もない。

常人なら一口飲めば酔ってしまうほど強い度数の酒を一気飲みしても、レジーナの顔色は一切変わっていなかった。

「いずれにせよ、昼間っから酒を飲み続けるのはよくない。酒を飲み続けてると、冒険者稼業にも悪影響が出るだろう」

「ふん。酒を飲んだ程度で壊れるほど私はやわではない」

レジーナはそう言うと、追加の酒を注文する。

「それに私は独り身だ。たとえ身体《からだ》を壊そうと、誰に迷惑を掛けることもない。冒険者は所詮根無し草だからな」

「迷惑は掛からないかもしれないが、お前が身体を壊したら悲しむ奴《やつ》はいる。少なくともここに一人な」

俺は自分の顔を指さした。

「前も言ったが、お前は俺にとって大切な仲間だ。今も昔もそれは変わらない。お前には幸せに生きて欲しいんだ」

「……押しつけがましい奴だ。私がどう生きようと私の勝手だ。幸せになろうが、不幸せになろうがお前には関係ないだろう」

「もちろんだ」と俺は言った。「だけど、お前のことを想《おも》ってる奴がいることだけは頭の片隅に置いておいてくれ」

「……っ」

レジーナは怯《ひる》んだように息を詰まらせた。

「……お前、それはズルいだろう」

そこに店員がやってくる。

「お待たせしました。ハイエールです」

その手にはなみなみと注がれたハイエールのジョッキ。

レジーナはそれを一瞥《いちべつ》すると、店員に向かって言う。

「悪いが、オレンジジュースに変更してくれるか。そのハイエール分の料金は払う」

「？　かしこまりました。すぐにお持ちしますね」

怪訝《けげん》そうにしながらも、店員はジョッキを持ったまま踵《きびす》を返した。ぱたぱたと店の奥に引っ込んでいく後ろ姿を見送る。

「レジーナ、ありがとう」

「ふん。単なる気まぐれだ」

レジーナは吐き捨てるように言う。

「……お前といると、どうにも調子がくるう」

少しして、店員が二人分のオレンジジュースを運んできた。俺たちは酒ではない液体が注がれたジョッキで乾杯する。

「酔わなくても、楽しい時間は過ごせるさ」

俺がそう笑いかけると、

「……バカが。それはお前がいるからだ」

レジーナはジュースを飲みながら、ぼそりと呟いていた。

耳がほんのりと赤くなっている。

今頃になって酔いが回ってきたのだろうか。

☆

「ちょっとレジーナ。あんた全然ダメじゃない」

「……エトラ。見ていたのか」

「ええ。見るに堪えなかったわよ。獲物は必ず仕留めるとか豪語してたくせに。あんたの方がカイゼルに仕留められてたじゃない」

「し、仕留められてなどいない！」

「そう？　カイゼルと飲んでる時のあんたを見てたけど、だらしない顔してたわよ。もうベタ惚《ぼ》れって感じだったし」

「ベタ惚れって感じなど出していない！」

「けどあんた、娘の晩ご飯を作るから帰るってカイゼルが言った時、捨てられた犬みたいに寂しそうにしてたじゃない」

「う……」

「男ってのは追うんじゃなくて、追わせてなんぼなの。まあ、剣ばかり振ってたあんたには分かんないでしょうけど」

「そこまで言うなら、お前は自信があるんだな」

「当然よ。攻略法もすでに確立してるわ」

「というと？」

「カイゼルはもういい年でしょ。ある程度の人生経験もしてきてる。ならあたしが新しい世界を見せてやればいい。そうすればあいつはあたしに尊敬の念を抱くはずよ。自分の知らない世界を知っているエトラ様ステキってな具合にね。そしてその想いはやがて恋心に変わっていってしまう……。どう？　完璧でしょ？」

「そんなに上手《うま》くいくか？　だいいち、カイゼルは知らなくて、お前が知っている世界というのはいったい何のことだ？」

「それは見てのお楽しみよ。まあ見てなさい。大賢者の恋愛テクを。あっという間にベタ惚れにさせてみせるから」

エトラは自信満々に言い放った。

第十六話

――明日はあたしに付き合いなさい。新しい世界を見せてあげるわ。退屈な人生が一変することと間違いなしよ。

そうエトラに言われたのは昨日の夜のことだった。

最初は断ろうかと思った。

あまりにも唐突だったし、詳細も話さなかったし、危険な匂いがしたから。

しかしあいつは俺の休みの日を完全に把握しており、明日が休みだと見越した上で誘いを掛けてきていた。

結局は渋々ながらもエトラに付き合うことに。

そして迎えた翌朝。

日が昇り始めると同時にエトラが家にやってきた。

「随分と早いんだな」

「もたもたしている暇はないわ。一分一秒が命取りになるの。さあ行くわよ。戦いはもう始まってるんだから」

やる気満々のエトラに付き従って家を出た俺。

早朝ということもあり、通りに人は少ない。

「新しい世界を見せてやるって言ってたが。こっちにも心の準備がある。いい加減どこに行くのか教えてくれてもいいだろ」

「言ったらつまんないでしょ。着いてみるまでのお楽しみよ」

エトラはそう言うと、

「あんたもこの年になると、日々の生活に刺激が足りてないでしょ」

「まあ良くも悪くもルーティーンになってるかもしれない」

「今から行く場所はそんな退屈を吹き飛ばしてくれるわ」

ほう。その口上を聞いたら少しずつ楽しみになってきた。

退屈を吹き飛ばす刺激的な場所——いったいどこだろう？

大賢者であるエトラがこう言うんだ。知的好奇心を満たせる場所に違いない。まだ見ぬ知に触れられると思うとワクワクしてきた。

「着いたわ。ここよ」

エトラは立ち止まると、前方にある建物を仰いだ。

その建物は、射幸心を煽《あお》る煌《きら》びやかな装飾が施されていた。

知とは正反対に位置するかのような下品な輝き。

エトラが俺を連れてきたのは——カジノだった。

「…………」

いやまあ確かに言ってることは間違ってはいないけども。

ギャンブルの経験がない俺にとっては新しい世界だし、退屈な生活を吹き飛ばすだけの刺激もあるかもしれないけど。

事前に期待していた分、面食らってしまったのは否めない。

「というか、カジノに行くのにどうしてこんな早い時刻に？　まだ開店してないだろ。日が昇ってからでいいじゃないか」

「開店前から並んでおかないと、いい台が取れないでしょ。スロットってのは、良い台を引けるかどうかで決まるのよ」

見ると、店の前には開店前にもかかわらず、人々が列を作っていた。

彼らもエトラと同じことを考えているのだろう。

貧乏揺すりをしていたり、中には床に座り込んでいる者もいる。

……というか、今日は平日なのだが。皆、仕事は休みなのだろうか？

「おお、エトラちゃん。聞いたぜ。この前大負けしたらしいじゃないか。なのに、懲りずに今日もまた負けに来たのか？」

「今日はボロ勝ちするから問題ないわ。今夜は連チャンしたお金で焼き肉よ」

「はっはっは。そりゃ楽しみだ」

エトラはカジノ仲間と思《おぼ》しき男と談笑にふけっていた。地べたにお尻をつけ、あぐらを掻《か》いて座っている。

「カイゼル。あんたもこっち来て座りなさいよ」

「いや、遠慮しておこうかな」

「そう？　まだ開店まで結構時間あるわよ」

エトラは店が開くまでの間、カジノ仲間とどの台が出るとか出ないとか、俺には全く理解できない話をずっとしていた。

あまりにも周りに馴染《なじ》みすぎている……！

それにしてもさっきからチラチラこっちを見てきてるのだが……。まるで俺の知らない世界を知っている自分を誇示するように。

そしてしばらくすると、開店時間が訪れた。

「本日、カジノ開店でーす」

「よっしゃああああああああ!!」

カジノが開店すると同時、エトラは店内へとダッシュした。

良い台を逃したくない。そんな強い想いが伝わってくる。

王都中の魔法使いが尊敬する大賢者の姿はそこになかった。

俺の目の前にいるのはただのギャンブラーだった。

「決めた！　この台よ！　爆勝ち間違いなし！　その隣の台も悪くないから。カイゼルはあたしの横に座りなさい！」

「エトラ、目が血走ってるぞ」

鼻息を荒くするエトラの隣の席に座る俺。

スロット台と向き合う。

「スロットを打つのは初めてだからな。いまいち方法が分からない。なあエトラ、これはいったいどうすれば——」

尋ねようとした俺は、エトラの表情を見てはっとした。

「凄《すご》い……！　スロットを打ち出したら全く無の表情になってる……！　これはズブズブに通ってないとできない芸当だ……！」

目の光が消え、無心になって打っていた。

メダルを入れ、スロットを回し、外れるとまたメダルを入れる。

機械のように無機質な動作だ。

「仕方ない。見よう見まねでやってみるとするか」

俺はエトラの打つ姿を参考にしてやってみる。

メダルを投入口に入れると、スロットが回り始める。たぶん、リールの絵柄が横か斜めに揃《そろ》えば当たりとなるのだろう。

リールの回転に合わせて絵柄を止めるボタンを押す。ベルが横に二つ並び、最後の一つはリンゴの絵柄だった。

「おかしいな。タイミングよく止められたと思ったんだが」

「スロットってのは回す前から当たり外れが予《あらかじ》め決まってんの。その上で目押しができれば絵柄が揃うって寸法よ」

「なるほど。上手く出来てるんだな。確かに目押しで当たるのなら、エトラは今頃勝ちまくってるはずだもんな」

「運が絡むからこそ、ギャンブルってのは面白いのよ。当てられないからこそ、当てた時の脳汁がたまらないの」

エトラがそう得意げに話していた時だった。

彼女の打っていたスロット台が煌びやかに発光した。

リーチが訪れたのだ。

「きたああああああああ!!　激アツ！！！」

射幸心を煽るような豪奢《ごうしゃ》な演出。

エトラはスロット台に食い入るように見入っていた。

リールには一番大きい役の光のオーブが横に二つ揃っていた。右のレールの中央にもう一つ止まれば大当たりとなる。

「これが来れば昨日の負け分全部取り戻せる……！　神様お願い……！　どうかあたしに勝利をもたらしなさい！」

神への祈りと共に勢いよくボタンを押したエトラ。

果たして最後のリールが止まる。

右リールの中央に止まったのは――光のオーブではなかった。ベルの絵柄だった。残念ながら外れてしまったようだ。

「ぎゃあああああああああ!!」

天国に続くはずだった糸はぷつりと切れ、地獄に真っ逆さま。

エトラはその場に膝から崩れ落ちてしまう。

「ふっざけんじゃないわよ！　今のは完全に勝ち確定の演出だったでしょうが！　これなら最初から何もなかった方がマシよ!!」

「お客様。台を叩《たた》くのはご遠慮ください」

「うあああああああああ……！」

スロット台にすがりついて慟哭《どうこく》するエトラの姿はまさに人間という感じで、隣にいた俺はただただ圧倒されていた。

絵柄が揃うかどうかだけでここまで一喜一憂できるのは凄い。

結局その後もエトラはずるずると負けを重ね、最終的には大負けしていた。その一方でなぜか俺は大勝ちしてしまった。

欲がないのが却《かえ》って良かったのかもしれない。

一文無しになったエトラが哀れだったこともあり、カジノの帰りに俺の奢《おご》りで焼き肉を食べに行くことにした。

エールをがぶがぶと飲み、焼き肉を獣のように喰《く》らうエトラは、さっきまでとは打って変わって上機嫌になっていた。

「いやー。他人のお金で食べる肉ほど美味《おい》しいものはないわね。どう？　カイゼル。新しい世界を知れて良かったでしょ」

「まあ、興味深くはあったな」

「ふふん。あたしのこと、尊敬したでしょ」

「ある意味ではな」

世の人間たちは地位や権力、莫大《ばくだい》な財産を追い求めている。

幸せになるために。

けれど、毎日楽しく生きて、腹一杯食べられればそれだけで幸せだ。エトラを見ていると俺はそんなふうに思うのだった。

☆

「どうよ。あたしの恋愛テクは。カイゼルは新しい世界を見せてくれたあたしに尊敬の念を抱いたはずよ」

「普通にドン引きされてたように見えたが。チンピラ夫婦の休日だろ。いい大人が当たりを引けなくて台パンするな」

「それだけ本気ってことよ。人間、本気になってる人には好感を抱くでしょ？　カイゼルもあたしの台パン姿を見て惚《ほ》れたはずよ」

「ジャンルに依《よ》るだろう。あと、台パンに人を遠ざける要素はあっても、人を引き寄せる要素は皆無だと思うが」

レジーナはそう言うと、

「だが、安心した。少なくとも私はお前よりはマシのようだ」

どんぐりの背比べをしていた。

第十七話

「カイゼル。喜びなさい。私がデートをしてさしあげます」

ある日の昼下がり。

リリスが俺の家を訪ねてきた。

お付きの者も従えずに彼女一人だけで。

「デートですか」

「言ったでしょう？　あなたを必ず落としてみせると。私は一度口にしたことは必ず実行する人間ですから」

リリスは挑むように俺を見上げる。

「はあ……。ですが今日は私用がありまして」

「では、断ってください」

「え」

「フローシアル家の令嬢であるこの私がデートの誘いをしているのです。ならばそちらを優先するのが筋でしょう？」

貴族としての特権意識を振りかざしてくる。

俺はあまりそういうのは好きではない。

「すみません。失礼します」

だからそう断りを入れると、玄関の扉を閉めようとする。

――が、しかし。

「そうはさせません」

閉じようとした扉の隙間にリリスが足を差し入れてきた。

これでは閉められない。

「たちの悪い営業みたいな手法を……！」

「この私がデートの誘いをしているのです。それを無下にするのは、フローシアル家の顔に泥を塗っているのと同じです」

それに、とリリスは言った。

「フラれるのは私のプライドが許しません」

完全に後者が理由だと思った。

「それに、彼女たちのデートの誘いには応じたのに、私だけを袖にするというのは不公平ではありませんか」

「何のことですか？」

「あなたのお仲間の女性陣のことです」

「確かにエトラとレジーナと出かけはしましたが……デートではありませんよ。ただ遊びに行っただけです」

昼間から酒場で飲んで、スロットを打っただけだ。

あれはデートとは言わないだろう。

「ふふ。デートとも認識されていなかったようですね」

リリスはおかしくて堪《たま》らないというふうに笑みをこぼしていた。

彼女はエトラたちのことを知っているのか。もしかすると、俺の知らないところで何かあったのかもしれない。

「カイゼル。あなたが首を縦に振るまで私はここを動きません。早いうちに観念した方が利口だと思いますよ？」

リリスは意地でもここから動くつもりはないらしい。

玄関前で問答を繰り広げる俺たちは、揉《も》めているように見えるのか。通りがかった周辺住民たちが好奇の眼差《まなざ》しを向けてくる。

……これ以上固辞していても、傷口が広がるだけか。それよりはここで痛み分けとした方がまだ最小限のダメージで止《とど》められる。

「――分かりました。そこまで言われてしまえば、頷《うなず》かざるを得ませんね。俺でよければお付き合いさせていただきます」

「ふふ。分かればよろしい。従順な人間は好きですよ」

満足そうに微笑《ほほえ》むリリスを前に、俺はやれやれと内心で苦笑を浮かべる。わがままな娘を相手にするのは中々骨が折れるな。


「リリス様。どこに向かいましょうか」

「そうですね。この街を案内してください」

「街ですか」

「以前から庶民の暮らしに興味があったのです。私は貴族街で暮らしていますから。庶民の街を見てみたい」

「分かりました。エスコートさせていただきます」

「よろしい。その代わりに褒美を取らせましょう」

そう言うと、リリスは手を差し出してきた。

細くて白くて長い指。

手のひらは荒れ一つなく、陶器のようになめらかだ。

「……えーっと。これは？」

「手を繋《つな》いでさしあげます」

「はい？」

「光栄に思いなさい。私は殿方に手を触らせたことがありません。カイゼル、あなただけに特別に許可します」

「そんな、恐れ多いです」

「構いません。いずれ私たちは夫婦の契りを交わすことになるのですから。あなたはただ私の手を取ればよろしい」

「……では、失礼します」

おずおずと俺はリリスの手を取った。

ひんやりと冷たい。

男のごつごつとした手とは違う、繊細な肌触り。

作り物めいた彼女の美しさも相まって、高級な人形に触れているかのよう。けれど手のひらには確かに生気が通っていた。

「高貴な私の手に触れることができたのです。嬉《うれ》しいでしょう？」

「はあ」

「惚れてしまったのではないですか？」

「特にそのようなことは」

「そ、そうですか。中々しぶといですね」

リリスは誤算とばかりに動揺していた。

「……おかしいですね。てっきり触らせてあげればイチコロだと思ったのですが。ただ単にやせ我慢しているだけでしょうか」

いや手に触れただけでそうはならないだろう。

発情期の犬じゃあるまいし。

いくら何でも目算が甘すぎる気がする。

「それにしてもカイゼル、あなたの手は随分と大きいのですね」

「ええ、まあ」

「ごつごつとしていて、とても固い……これはなんでしょう？　手のひらに出来ているのは血まめですか？」

「剣術の鍛錬をしていると、こうなるんです」

「痛みませんか？」

「もう慣れましたから。無骨なものに触れさせてしまいましたね」

「……いえ。この血まめはあなたの努力の結晶でしょう。それを無骨と称するほど、私の目は曇っていません」

そう言うと、リリスは俺の血まめを指先で慈しむようにつうっと撫《な》でた。どこか惚《ほう》けたような面持ちを浮かべながら。

「……凄《すご》くたくましいのですね」

「リリス様？」

「な、何でもありません。忘れてください」

リリスは誤魔化すようにそう言うと、

「……なぜ私が心をかき乱されているのですか。しっかりしなければ。カイゼルを落とすことだけを考えるのです」

平静を取り戻すように頬をぺしぺしと叩《たた》いていた。

いつも毅然《きぜん》としている彼女の動揺する姿を見るのは新鮮だ。

「カイゼル、通りの方を案内してください」

「了解しました」

俺はリリスを通りの方へと連れていった。

通りには多くの店が軒を連ねている。

日中ということもあり人通りも多く、行き交う人たち――特に男連中はリリスを見ると皆一様に焦がれるような目になっていた。

中には声を掛けてくる者もいたが、リリスが虫を見るような眼差しを向けると、ぽきりと心が折れてすごすご退散していった。

軽蔑の眼差しを受けて喜んでいる者もいたが、それは性癖だろう。

――やっぱりモテるんだな。

いっしょに並んで歩いてみるとよく分かる。リリスがいかに人目を惹《ひ》く容姿で、男たちからの好意を向けられるのかが。

そんな美人に俺が求婚されているのが謎だ。

「あの店から、甘くて良い匂いがしますね」

「あれはクレープ屋ですね」

「聞いたことがあります。庶民の間で流行《はや》っているスイーツだそうですね。時に長蛇の列が出来ることもあるのだとか」

「エルザが好きなんですよ。本人は知られたくないみたいですが。巡回中にこっそり店に寄ることも多いみたいです」

「ふむ。興味が出てきました。食べてみましょう」

リリスはクレープ屋の店先に向かう。

「店主、クレープとやらを貰《もら》えますか」

「はーい♪　トッピングはどうします？」

と若いギャル風の女性店員が尋ねてくる。

「リリス様、この中から好きなトッピングを選んでください」

「では、私はこのイチゴデラックスにします」

「……大丈夫ですか？　これカロリーがとんでもなくありますけど。そのスタイルを維持するために努力されてるんじゃ」

「問題ありません。私は食べても太らない体質ですから」

世の中の女性を敵に回すようなことを言うリリス。

俺が店員にお金を支払おうとすると、彼女はニヤニヤしながら俺にだけ聞こえるように
こっそり耳打ちしてきた。

「カイゼルさん、あれ、リリス様でしょ？　氷の令嬢の！　やりますねえ！　貴族の令嬢
を捕まえちゃうなんて！」

「別に捕まえてなんていないよ」

「ええ。捕まえるのは私の方ですから」

とリリスが俺たちの間にずいっと割って入った。

「いずれ彼とは結婚する予定です」

「逆ナン!?　しかも結婚宣言!?　きゃー！」

ああ、これは間違いなく王都中に噂《うわさ》が広がるだろうな……。

面倒なことになりそうだ。

今から想像して頭が痛くなってきた。

「はい。お待たせしました。イチゴデラックスでーす」

ギャル店員がとんでもないボリュームのクレープをリリスに手渡した。大量のイチゴと

生クリームは見ているだけで胸焼けしてくる。

「そこにテラス席がありますから。座りましょうか」

俺はリリスを店の軒先にある席に促した。

リリスは椅子に腰を下ろすと、クレープを差し出してきた。

「カイゼル、いっしょに食べましょう」

「実物を見ると、一人で食べるのはきつそうですか」

「そうではありません。男女が一つのクレープをいっしょに食べる。そうすればそこに恋心が生まれるものでしょう」

勝利を確信したかのような笑みを浮かべるリリス。

そうだろうか……？

「ふふ。どうですか？　ドキドキするでしょう？」

「いや、特には」

「えっ!?」

若い男女ならともかく、俺はもういい年をした大人だ。さすがにクレープをいっしょに食べるくらいではどうも思わない。

気恥ずかしくはあるが。

「……おかしいですね。男女が同じものを食べるというシチュエーション。それに私ほどの美人がすぐ間近にいて、ときめかないなんて。

世の男たちは皆、私が微笑みの一つも与えてあげればイチコロなのに。なぜカイゼルは私に惚《ほ》れないのでしょう」

リリスは怪訝《けげん》そうな面持ちで、

「もしかして……」

何か思い当たる節があったのだろう。

こほん、と咳払《せきばら》いをし、改まった態度になると尋ねてきた。

「カイゼル。一応訊《き》きますが。あなたは異性愛者ですよね？」

「何を疑われているのかは分かりませんが、そうです」

どうも女性に興味がないのではと思われているようだった。

そんなことはない。

俺も人並みにちゃんと異性に対する興味は持っている。

リリスに対してはそういう感情を抱いていないというだけだ。

娘くらいの年の女性だし。

「せっかく勧めてもらったし。じゃあクレープを頂こうかな」

「……っ!?」

俺がクレープに顔を近づけると、対面にいたリリスがびくっと驚き、熱した鉄板に触れた時のように距離を取った。

「どうした？」

「い、いきなり来られるとは思いませんでしたから」

胸に手を置きながら呟《つぶや》くリリスは、顔をほんのり赤くしていた。

随分とうぶな反応だ。

さっきから思っていたが、リリスは異性から散々モテてきた女性にしては、アプローチの仕方がずさんな気がする。

手を繋《つな》いだり、クレープをいっしょに食べれば惚れると思っていたり。大人びた印象とは裏腹に恋愛観は若い女性のそれと変わらない。

むしろ幼いかもしれない。

ひょっとして――と俺は思った。

リリスはこれまでモテてばかりだったから、自分から異性に対してアプローチしたことがないのかもしれない。

「それでは、私も頂きましょう」

リリスはイチゴスペシャルを口にすると、

「……これ、とてもおいしいですね」

と感嘆したように呟いていた。

その後も勢いよく食べ進め、気づいた時にはほとんど一人で平らげていた。

彼女の細い身体《からだ》のいったいどこにあれだけの量が……？　というか、生クリームの山を収めたのに胸焼けしていないのか……？

さすがの若さだ。俺にはできない。

「ふふ。庶民のスイーツも悪くありませんね」

「喜んで貰えてよかったです」

そう言うと、俺は思わず笑ってしまった。

「リリス様。口にクリームがついていますよ」

「……っ!?」

リリスの口についたクリームを指で拭うと、彼女は反射的に身体を離した。

「ななな、なにをするのですか……！」

「すみません。不躾《ぶしつけ》でしたか」

「……そ、そのようなことは。少し不意を突かれただけですが？」

リリスはそう言って涼しい顔をして強がろうとしていたが、形のいい耳にほんのりと朱が差していた。

腹ごしらえを終えた俺たちは、通りを取り留めもなく歩く。

すると、前方に見えてきた広場に何やら人だかりが出来ていた。

賑《にぎ》やかな歓声や口笛の音が高らかに鳴り響いている。

「――あれはメリルとポーラじゃないか」

観客たちの視線の中心にいたのは、メリルとポーラだった。

大道芸用の露出度の高い衣装に身を包んでいる。肩のところが剝《む》き出しになり、おへそや太ももを大胆に晒《さら》していた。

ちなみにこれらは全てメリルの個人的な趣味である。

メリルはとにかく露出度の高い服を着るのを好んでいるからな……。

「ボクちゃんお得意のお手玉でーす♪　普段より多めに回しておりまーす。ほら、ポーラちゃんもスマイルスマイル！」

「うう……！　この衣装だけは何とかして欲しい……！」

観客たちはメリルたちの大道芸を見て盛り上がっている。

しかし、まさか公演しているところに出くわすとは。

「あなたの娘――メリルでしたか。随分と人気のようですね」

リリスは観客たちの一番後ろで立ち止まっていた。

「見物していきますか」

「ええ。貴族街では見られませんから。興味があります」

どうやら食いついたようだ。

俺としては二人でいるこの状況を見られたくないのだが……。

「それじゃ次は新しく覚えた芸を見せちゃうよ♪」

「メリルちゃん、本当にするの……？」

「もちろん！　そのために練習したんだもん」

観客たちの間にざわめきが起こった。

俺も自分の目を疑った。

メリルがいきなり自分の服を脱ぎ始めたからだ。

「おいおい、何してるんだあいつは……⁉」

服が隠していた大事な部分が見えてしまう――主に胸とか下腹部とか――と俺が息を飲んだその瞬間のことだった。

ポーラの放った火の玉がメリルの大事な部分を覆い隠すように浮遊した。

「じゃーん！　見えてませーん！　びっくりしたでしょー？　これがボクたちの新しい芸の絶対見えない大道芸でーす」

火の玉が少しでもずれてしまおうものなら、即座に公然わいせつ罪。見回りの騎士たちが飛んできて御用となりかねない。

何という綱渡りな芸だ……！

メリルはポーズを取ったり、左右に動いたりする。ポーラが操作する火の玉がその後を必死に追いかけて局部をしっかり隠していた。

「じゃじゃーん！　見えてませーん♪」

メリルが高らかに両手を開ける。

観客たちは爆発的に盛り上がっていた。

「……なんですか、あの芸は」

リリスは目の前の光景を見てぼそりと呟いた。

俯《うつむ》いているから表情は見えないが、肩が小刻みに震えている。

貴族である彼女にとって、メリルの芸は下品極まるものに映ったのかもしれない。それで怒りを覚えているのだろう。

てっきりそう思っていたのだが——。

「……ふふ。く、下らなさすぎるでしょう。火の玉で局部を隠すなんて。賢者と称される魔法使いがすることとは思えません」

——あれ？　意外とウケてる!?

口元を押さえ、身体をよじらせている。肩が震えていたのは、怒っているからではなく笑っていたからだった。

「ふう……。傑作でした。今年、一番笑ったかもしれません」

目尻に浮かんだ涙を指先で拭いながら、リリスが言う。

貴族の生活はストレスが溜《た》まるのだろうか？

思わず心配になってしまう俺だった。

大道芸の演目が終わると、観客たちがお捻《ひね》りを渡していた。それを見たリリスは客たちの間をかき分けて二人の下に向かう。

「そこのあなた」

リリスがポーラを呼び止めた。

「はい。何でしょう？」

「お捻りです。受け取ってください」

リリスは取り出した金貨をポーラに手渡した。

「えええええ!?　こんな額、受け取れませんよう！」

「あなたたちの芸にはとても楽しませていただきましたから。これはその対価です。遠慮する必要などありません」

リリスはそうポーラに微笑《ほほえ》みかけると、踵《きびす》を返した。

「あっ！　パパを奪おうとする泥棒猫だ！　何しに来たの！」

リリスに気づいたメリルが駆け寄ろうとする。

だがしかし――。

「ほらメリルちゃん。お捻りだよ」

「わーい♪　ありがとー♪」

横から見物客に渡されたお捻りに気を取られてしまっていた。

その隙にリリスは俺の下へと戻ってくると、その場から離れる。

「カイゼル、大道芸というのは面白いものですね」

リリスがそういうものを好むのは意外だった。

もっとお堅い人間だと思っていた。

メリルに見つかってしまう前に、広場を出ようとした時だ。その際——手にしていたジュースのカップも宙に浮かんだ。

駆けていた男の子がつまずき、リリスにぶつかった。その際——手にしていたジュースのカップいっぱい
中に入っていた液体は全て、リリスの身に纏《まと》っていた服に降りかかる。カップいっぱいになみなみと注がれていたこともあり、胸元が濡《ぬ》れてしまった。

リリスの身に纏っていた衣装が高価なことは子供にも分かったのだろう。男の子の表情はみるみるうちに青ざめていった。

「ご、ごめんなさい……！」

申し訳なさそうに頭を下げる男の子。

それをリリスは凍《い》てついた眼差《まなざ》しで見下ろしている。

このままではマズい。

「リリス様、ここはどうか……」

俺が仲裁に入ろうとした時だった。

リリスは腰を落としてしゃがむと、男の子と目線を合わせる。

「怪我《けが》はありませんでしたか？」

「え？　う、うん。僕は大丈夫」

「そうですか。安心しました」

「……でもお姉さんの服が濡れちゃった」

「今日は少し暑かったですから。涼しくなってちょうどいいです」

リリスはそう言って、男の子の頭を優しく撫《な》でる。

「それに私の服はどうやら、喉が渇いていたようですから。ジュースをたくさん飲むことができて喜んでいると思います」

冗談めかしながら微笑みかけると、男の子の表情に血の気が戻っていった。安心したのか頬を緩ませている。

リリスが男の子を見送った後、俺は言った。

「てっきり、怒るかと思っていました」

「私は貴族ですから。庶民の失態くらい、笑って許します。それが上に立つ者として当然の振る舞いというものでしょう」

貴族の連中は庶民を見下している者も多い。庶民が失態を犯そうものなら、目を剝いて激昂《げきこう》することもざらだ。

しかしリリスは違った。貴族は上に立つ者だと思っているのは同じだが、それ故に相応の振る舞いを心掛けようとした。

他者を許すことができること。それは揺るぎない強さの証《あかし》だ。

もっとも、自分を搾取しようとした者など、許してはいけない場面もある。優しすぎるのは舐《な》められることにもなるから。

しかし少なくとも今回は話が違う。

彼女の振るまいは立派だった。

「……どうしたのですか？　私を見て微笑んでいますが」

「いえ。リリス様は美しい女性だなと思いまして」

「っ……!?」

俺がそう言うと、リリスは顔を真っ赤に熟れさせた。

「な、何を言い出すのですか、急に」

「そう思わせるのが目的だったのではないですか？　だとすると、リリス様にまんまとやられてしまったことになります」

リリスは俯いた。

「……それはそうですが。私に惚《ほ》れたわけではないでしょう」

「ええ、まあ」

別に惚れたりはしていない。

「……あなたに綺麗《きれい》だと思って貰《もら》う代償に、私は揺さぶられてしまいましたから。それを考えると割に合っていません」

「どういうことでしょうか」

「考える必要はありません」

そっぽを向かれてしまった。

いずれにしてもだ。

以前よりリリスを好きになったのは確かだった。

第十八話

夜も深まった頃。

人気《ひとけ》のない、暗闇に包まれた王都の外れにリリスとノワールの姿があった。二人は月夜の下に密会を行っていた。

「まだカイゼルを籠絡することができないのか」

「……申し訳ございません」

リリスは屈辱に耐えながら頭を下げる。

「どうやら彼には私のチャームの能力が効いていないようです」

「カイゼルは魔法使いとしても超一流だ。チャームに対する耐性があるのだろう。だが一度恋心を抱かせればそれも破れるはずだ」

ノワールはそう言うと、

「リリス。お前も分かっているだろう？　もう後がないと。失敗すれば、フローシアル家の秘密は王都中に流布される」

「……っ!?」

リリスの顔色がそこで変わった。青ざめた後、刃物のように鋭く尖《とが》った敵意の眼差しをノワールに向ける。

「おっと。俺に刃向かうつもりか？　だが、冷静に考えてみろ。サキュバスのお前が魔族の俺に勝てるはずもない。命を散らすだけだ」

サキュバスには戦闘能力はない。

だからこそ、武力ではなく魅力によってカイゼルを籠絡しようとしている。

リリス自身もそのことは理解していた。

「…………」

「そうだ。一時の感情で我を失うほど、お前はバカな女じゃない。忘れるな。お前とお前の家の命運は俺が握っていることを」

ノワールは邪悪な笑みをたたえる。

「恨むのなら、魔族に生まれながら人間と結ばれたお前の母親を恨むのだな。恨もうにも奴《やつ》はもうこの世にいないが」

「……母のことを悪く言うことは許しません」

「ふん。敵意のこもったいい目だ」

ノワールは鼻を鳴らすと、リリスの肩に手を置いた。

そして悪魔のように囁《ささや》いた。

「この計画はお前に懸かっているんだ。もはや一刻の猶予もない。どんな手段を使ってでもカイゼルを籠絡しろ」

☆

最初に見た時、それが誰だか一瞬分からなかった。

黒い布地のドレスに鍔《つば》の大きなキャップを被《かぶ》っている女性。

どこかで見た覚えはあるがいったい誰だっただろうか——そうしばらく考えて、リリスの家のメイドだと思い出した。

「カイゼル様。今すぐお屋敷に来ていただけませんか」

ここまで急いでやってきたのだろう。メイドは息を切らしていた。

「リリス様が大変なのです」

「何があったんですか」

「事情を説明している暇はありません。とにかくご同行願えませんか」

メイドの表情は切迫していた。

説明する時間すら惜しいとは。もはや一刻の猶予もないということか。

——ただ事ではなさそうだ。

「分かりました。すぐに向かいましょう」

まだやるべき家事が残っていたが仕方がない。

リリスの身に何かあったなら、放ってはおけない。事態は一刻を争うのだ。取り返しがつかなくなってからでは遅い。

俺はメイドの後についてリリスの下へ向かうことにした。

リリスの屋敷は貴族街の一角にあった。

住宅街ではまずお目にかかれないような豪奢《ごうしゃ》な建物。

広々とした庭に、敷地面積。

まるで家の力を誇示するかのように雄大だった。

庶民の暮らしが性に合っている俺からすると、持て余してしまいそうだ。一周回って逆に窮屈じゃないかとさえ思う。

「カイゼル様。こちらです」

守衛がいる門を通り抜けると、両開きの扉を開いて屋敷の中に踏み入る。

階段を上った先の二階には廊下が連なっており、部屋がいくつも並んでいる。その中でも一際豪奢な部屋の前でメイドは立ち止まった。

「この部屋にリリス様はいらっしゃいます」

「案内ありがとう」

俺はメイドに礼を言うと、部屋の扉の前に立った。

――リリスの身にいったい何が……。

覚悟を決めると、部屋の中に踏み入った。

リリスの部屋は広々としていた。

お洒落《しゃれ》な内装に、高級そうな家具が配置されている。飾られている美術品も彼女の趣味の良さを感じさせた。

バルコニーに続く窓の前に、リリスの姿はあった。背を向けていた彼女は、俺が部屋に入ってきたことを知ると振り返った。

「カイゼル。来てくれたのですね」

リリスはネグリジェに身を包んでいた。

ゆったりとしたフリルが、優雅さを醸し出している。普段の凍《い》てついた印象は薄れ、柔らかさを感じさせた。

「メイドの方に聞きました。リリス様に火急の危機が迫っていると。いったい何が起きたのか教えていただけますか」

一見すると、何事もないように見えるが……。俺の下に駆けつけたメイドの様子は尋常じゃなかった。

目に見えないだけで、リリスに危機が迫っているのかもしれない。

「ふふ。心配せずとも、何も起きてはいませんよ」

「は？」

「そうでもしないと、来てくれないでしょう？　メイドの彼女には、カイゼルを呼ぶために一芝居打って貰いました」

悪びれずにそう口にするリリス。

要するにこれは俺への試し行動だったらしい。そう状況を把握した途端、身体《からだ》から張り詰めた空気が抜けていくのが分かった。

「……なるほど。一杯食わされたわけですか。でも、なぜです？」

「想《おも》い人《びと》に会いたいと思うのに、理由が必要ですか？」

リリスの不遜な口ぶりに、俺はため息をついた。

彼女のわがままにも困ったものだ。

この辺りはまだまだ年相応の娘という感じがする。

しかし——。

「そういった行動は今後、慎んでいただけませんか」

俺は釘《くぎ》を刺すようにリリスに告げた。

「なぜですか？　私にここまでされれば、嬉《うれ》しいでしょう？」

「他人を試すような真似《まね》をしても、ただ信用を失うだけです。自分で自分の価値を下げることになってしまいますよ」

俺はそう告げると、踵《きびす》を返した。

「……どこに行くのですか？」

「リリス様の身の安全は確認できましたから。家に戻ります。夕食のシチューの仕込みがまだ残っていますから」

これ以上、ここにいても仕方がない。

そう判断した俺が部屋から出ていこうとした時だった。

――不意に、後ろから抱きしめられた。

「カイゼル、行かないでください」

リリスが俺の耳元で懇願するように囁いた。

「お願いです。私を一人にしないでください」

背中に柔らかい膨らみが押しつけられる。ふわりと香水の良い匂いが鼻腔《びこう》に広がる。扉に向かっていた足は止まっていた。

彼女の強い想いが伝わってくる。

それは試しているようではなかった。

何かもっと、真に迫るものを感じた。

——そこまで俺のことを想ってくれているのだろうか？

だとしても、俺はそれに応えることはできない。

「リリス様。俺は——」

振り返り、その先の言葉を紡ごうとした俺は唖然《あぜん》とした。発そうとした言葉は声に変わる前に引っ込んでしまった。

目の前の光景に唖然とする。

リリスは一糸まとわぬ姿を晒《さら》していた。

つんと上を向いた張りのある乳房。余分な肉のついていない滑らかなお腹《なか》。太ももから足先に至るまでが外気に晒されていた。

身に纏《まと》っていたネグリジェは、いつの間にか床の上に脱ぎ捨てられている。

「何を……しているのですか？」

恐る恐る尋ねると、リリスは応える代わりにうっすらと微笑《ほほえ》みを浮かべる。月のように妖艶な光を放っていた。

次の瞬間、耳を疑うようなことを口にした。

「——カイゼル、私を抱いてくれませんか」

一瞬、彼女が冗談を言っているのかと思った。

けれど状況を考えるにそれはありえない。

飲み込むことができずに混乱していると——生まれたままの姿をしたリリスが媚《こ》びるように俺の胸元によりかかってきた。

そして——。

気づいた時には、唇を奪われていた。

「——っ!?」

踵《かかと》を浮かして背伸びをしたリリスが、俺に口づけをしてきた。

頭の中が一瞬、真っ白になる。

糸を引きながら、やがて互いの唇が離れる。

リリスは俺の目を見つめながら、艶《あで》やかに笑った。

「ふふ。嬉しいでしょう? 私のような絶世の美女の、しかも轍《わだち》のないまっさらな身体を好き放題にできるのですから」

上目遣いをしたリリスの瞳は、熱を帯びていた。男の欲望を掻《か》き立てるような、むせるほどの色気が全身から立ち上っている。

否応《いやおう》なしに理性を失わせてしまう圧倒的な妖艶さ。

俺は無言のままリリスに歩み寄ると、両肩を摑《つか》んだ。ベッドに押し倒すと、羽根のように軽い彼女の身体は、まっさらなシーツの上に仰向《あおむ》けになる。

「……そう。それでいいのです」

リリスは俺の行動を前に、満足そうに微笑みを浮かべると、

「さあ。共に甘美な時間を過ごしましょう？」

両手を広げて俺を迎え入れようとした。

俺はリリスの身体におもむろに手を伸ばす。

「……っ」

その時一瞬、リリスの目に怯《おび》えの感情が過《よぎ》ったのを俺は見逃さなかった。

彼女は自分を生娘だと言っていた。

未知の経験を前に恐れているのかもしれない。

俺がリリスの素肌に触れる瞬間、彼女はぎゅっと目をつむった。やがて来る快感や痛みに身構えているように見えた。

しかし——。

リリスの素肌に俺が触れることはなかった。

俺は自分が着ていた上着を脱ぐと、リリスに掛けてやった。服の温《ぬく》もりに包まれた彼女はやがて戸惑ったように目を開けると、見上げてくる。

「……何のつもりですか」

「その格好では寒いでしょう。着てください」

俺はそう言うと、リリスは睨《にら》み付けてくる。

「私には抱くだけの価値もないと？」

「お互いにその気もないのに、行為に及んでも不毛なだけです」

リリスは驚いたように目を大きく見開いた。

「……おかしな人ですね。行為に誘ったのは私からなのですよ？　にもかかわらず、私にはその気がなかったと？」

「ええ」

「なぜそう思ったのですか？」

「見ていれば分かりますよ。今日のリリス様は妙でした。ずっと追い詰められているような表情をしていましたから」

俺はそう言うと、確信を抱きながら尋ねた。

「何か事情があるのですね？」

リリスの目を真《ま》っ直《す》ぐに見据える。

言い逃れることはできないと悟ったのだろう。

「……ふふ。あなたには敵《かな》いませんね」

リリスは自嘲するように笑うと、ふう、と深い息を吐いた。まるでずっと背負っていた重荷を下ろすかのように。

「万策尽きました。完全に私の負けです」

そう言うと、降参を示すように両手を挙げてみせた。

「行為を迫るのは最後の手段だったのですが。それも通じないとは。私にはあなたを籠絡することはできないようです」

笑みを浮かべたその表情は、憑《つ》きものが落ちたかのようだった。さっきまでの追い詰められたような、張り詰めた雰囲気は解けていた。

「リリス様は何としてでも今日、俺を籠絡する必要があった」

「ええ。その通りです」

「教えていただけますか。その理由を」

「構いませんよ。もう何もかも終わったのですから」

リリスはベッドの縁に腰掛ける。

「私がなぜ、カイゼルを籠絡しようとしていたのか。私の抱えている事情も含めて、全てお話ししましょう」

リリスは全ての事情を俺に話してくれた。

彼女はサキュバスである母の血を引いているハーフのサキュバスで、男たちを魅了するチャームという能力を持っていること。

そしてそれは、自分に惚《ほ》れた者を意のままに操ることができること。

裏で魔族と通じており、俺に接触したのは、魔王復活の妨げとなる、勇者の血を引く娘たちを排除するためだったこと。

本当は俺に惚れてはいなかったこと。

全ては魔族の手駒として、俺を籠絡するために仕組まれた罠《わな》だった。

その事情を聞き終えた後、俺はベッドの縁に腰掛けるリリスに尋ねた。

「よかったのですか？　全部話してしまっても」

「構いません。私にあなたを籠絡することはできない以上、魔族――ノワールによって私は破滅することになるでしょうから」

リリスの言葉に俺は違和感を覚えた。

「仲間の魔族が、リリス様に牙を剝《む》くのですか？」

「私は魔族に協力してはいますが、仲間ではありません。私がサキュバスの血を引くことを知ったノワールが脅しをかけてきたのです。このことを流布されたくなければ、自分の計画に協力しろと。ノワールはサキュバスである母のかつての仲間だったらしく、そこから私の存在に辿《たど》り着いたようです」

リリスはあくまでも魔族に脅されて協力していただけだった。

それは嘘《うそ》じゃないだろうと思った。

自分の意思で転覆を狙っていたにしては、王都への潜伏期間が長すぎる。

魔族が現れるまでは、貴族の令嬢として普通に暮らしていたのだ。

「母がサキュバスであり、私がその血を引いていることが王都の人間に知れれば、フローシアル家は破滅です。貴族としての地位を剝奪され、王都を追放されるでしょう。そうなることは何としても避けたかった。

私は母のことも、母を愛した父のことも愛しています。だから二人の人生が、家の名誉が貶《おとし》められることが許せなかった。

だから私はノワールに協力することにしました。あなたを籠絡しようとすることで、自身の保身を図ろうとしたのです。

舞踏会の日の夜にあなたと会った時、魔族に襲われていたのは――あなたとの間に接点を持つための演技でした」

「そこでも一杯食わされていたわけですね」

俺は思わず苦笑した。

「しかしあの時、俺がリリス様を見捨てていたらどうするつもりだったのですか？」

「あそこで臆して私を切り捨てるような男なら、魔族が恐れたりはしません。現にあなたは助けてくれたでしょう？」

リリスはそう言うと、寂しげに微笑みを浮かべた。

「けれど、結局あなたを惚れさせることはできませんでした。私の魅力ではあなたを籠絡することは叶《かな》わなかった。

これまであなたの心を弄ぼうとしたこと、心からお詫《わ》びします。

私の処遇はなんなりと気の済むようにしてください。

どちらにしても、私の破滅は決まっているのです。どんな目に遭わされようと、すでにその覚悟はできています」

深々と頭を下げながらも、そこに許しを請う媚びは含まれていない。自分のしたことの全てを受け入れる覚悟が見て取れた。

追い詰められてなお、貴族としての尊厳を捨てていない。

リリスの強さを目の当たりにした気がした。

「……分かりました。では、好きなようにさせていただきます」

「ええ。構いません」

俺はリリスに歩み寄る。

そして――。

覚悟を決めた表情を浮かべるリリス、その細い身体《からだ》をそっと抱き寄せた。

「え……？」

それはまるで想定していなかった行動だったのか、彼女は戸惑っていた。

「な、何をしているのです……？」

「リリス様はずっと、父上と母上を、家を守るために一人で戦ってきたのですね。誰にも頼ることなく孤独な戦いを続けてきた」

好きでもない男を籠絡するためにひたむきにアプローチを繰り返し、自らの貞操ですらも捧《ささ》げようとしていた。

それはきっと、想像を絶するほどの苦しさだっただろう。けれど、リリスは誰にも弱音を吐かずに戦い続けてきた。

だから俺はそんな彼女に対して労《ねぎら》いの言葉をかけた。

「よく頑張りましたね。リリス様はとても立派だと思います」

「……っ！」

リリスが大きく目を見開いていた。

吐息がかすかに漏れる。

その瞬間、今までずっと抱えていたものの箍《たが》が外れたのが分かった。

俺の肩口に顔を押しつけると、細い身体を小刻みに震わせる。漏れそうになる声を必死に押し殺しながら泣いていた。

「大丈夫です。リリス様を破滅させたりはしません」

「ですが、私の素性が知られてしまえば……」

「たとえリリス様がサキュバスの血を引いていることがバレたとしても、あなたが貴族として行ってきたことは揺らぎません」

「……私が行ってきたことですか？」

「俺は時々王都の外れにある教会に行くんです。そこのシスターは両親のいない孤児たちを引き取って育てているので、その子たちの遊び相手をするために。

何しろ大勢の子供がいるものですから、何かとお金も入《い》り用《よう》になります。それで俺も寄付をしたりするのですが、シスターに依《よ》るともう一人いるそうなんです。時々教会を訪れては大口の寄付をしていく人が。

──リリス様。あなたの名前を聞いた時には驚きましたよ」

俺は言った。

「リリス様、あなたは恵まれない子供たちのために慈善活動をしていますね。子供たちにも懐かれていると聞きました」

「……庶民を助けるのは、庶民の上に立つ貴族の義務です。ましてや国の未来を担う子供たちへの支援は惜しみません」

当然のようにそう言い切るリリス。

その真っ直ぐな魂は、掛け値なしに美しかった。

「リリス様は王都のことを、その住民たちのことを想《おも》っている。だったら、どんな出自でもこの王都の住民です。誰にも文句は言わせない」

俺はそう言うと、リリスの肩を摑《つか》む。

そして告げた。

「俺が必ずリリス様を、フローシアル家を守ってみせます。約束します。フローシアル家を破滅させたりはしません」

「……なぜそこまでしてくれるのですか？　あなたを欺《だま》し、籠絡しようとしていた私に」

「リリス様は俺にアプローチしてくれたでしょう？　楽しい時間を過ごさせてくれたことに対する、これは俺なりのお礼です」

それを聞いたリリスは一瞬呆気《あっけ》にとられたかのような表情を浮かべた後、ふっと呆《あき》れたように息をついた。

「……全くあなたには敵いませんね」

そして俺を見上げたリリスは、笑みを浮かべていた。

「庶民が奉仕するというなら、それを請けるのも貴族の務め。カイゼル、お願いします。私とフローシアル家をどうか守ってください」

「ええ。もちろんです」

第十九話

水路の果てが通っている王都の外れ。

辺りには夜の帳《とばり》が降りている。

静寂が支配するその空間に動きがあったのは、月が雲を覆い隠した時だった。

地表全体を覆っていた影から、泡のように浮かび上がる人影。

頭頂部に二本の角を携え、どす黒い瘴気《しょうき》を纏《まと》った魔族――ノワールが影溜《かげだ》まりの中から王都の敷地に降り立った。

その双眼が見据える先には――リリスの姿があった。

その傍《そば》にはカイゼルもいる。

俯《うつむ》き加減と暗さのせいで表情は窺《うかが》えない。だが糸の切れた人形のように立ち姿には生気がなかった。

「リリス。報告を受けた。カイゼルを籠絡したそうだな」

「はい。当初予定していた色仕掛けには失敗したのですが。その後、素性を明かしたことによって信頼を得ることができました。カイゼルが私に心を許したところで唇を奪い、チャームを掛けることに成功しました」

「だまし討ちにかけるとは。お前もつくづく性悪な女だ」

「これも全てフローシアル家を守るためですから」

リリスは淡々と口にする。

「カイゼルは私とフローシアル家を守ると豪語していましたが、王都の者たちに私の素性が知れ渡れば追放は免れません。

大衆というのは無知蒙昧《むちもうまい》ですから。いくら私に害がないと訴えても、魔物の血を引くというだけで拒絶されるのは必定です。

それならば私はどんな手段を使ってでも、素性がバレないようにします。そのためなら悪魔にも魂を売りましょう」

「お前が魂を売っているのは悪魔ではなく、魔族だがな」

ノワールは視線を切ってカイゼルを見やると、口元に笑みを浮かべる。

「哀れな奴《やつ》だ。助けようとした女に裏切られてしまうとはな。男を破滅させる魔性の女に捕まったのが運の尽きと思うことだ」

ファム・ファタール。

男を破滅させる魔性の女。

カイゼルにとってリリスの存在はまさにそれだった。

ノワールは抱いた憐憫《れんびん》の情をすぐにもみ消すと、リリスに告げる。

「カイゼルを籠絡したというなら、試しに何か命じてみろ。本当にチャームが掛かっているのか確認したい」

「分かりました。私のチャームの成果、ご覧に入れましょう」

リリスは小さく頷《うなず》くと、カイゼルの方を見やる。

その瞬間、ノワールは見逃さなかった。

リリスの口元が緩むのを。

そして、彼女の目に、自分に対する明確な敵意が浮かぶのを。

危機を察知した時には、リリスはカイゼルに命じていた。

「――カイゼル。私のことを守ってください。そして、ノワールを打ち倒し、この王都に平穏をもたらすのです」

「承知いたしました」

命じられた途端、人形のように項垂《うなだ》れていたカイゼルに生気が戻った。すぐさま、腰に差していた剣の柄《つか》に手を掛ける。

――こいつの意志のこもった目、操られてなどいない！

その時、気づいた。

「――今頃気づいても、もう遅い！」

カイゼルが振り抜いた剣は、ノワールの胴を真っ二つに切り裂いた。

☆

――リリスめ！　寝返ったのか！

俺の振り抜いた剣は、確かにノワールの身体《からだ》を一刀両断したはずだった。

しかし手応えはなかった。

まるで水を斬り伏せたかのような感覚があった。

両断されたノワールの身体からは出血はなく、黒い霧が噴き出したかと思うと、瞬く間に離れた胴体が再結合される。

「呆気に取られているようだな」

復元したノワールは不敵な笑みを浮かべる。

「まさかリリスに操られたフリをして、不意打ちを仕掛けてくるとは。中々強《したた》かなことを考えるじゃないか」

「若い女性を脅すような奴にそう言われるとは、光栄だ」

「だがムダだ。あらゆる攻撃は影と化した俺の身体の前では意味をなさない。剣も魔法も

「俺には効かない」

ノワールはそう言うと、リリスを睨み付ける。

「リリス。よくも俺を裏切ってくれたな。あまつさえカイゼルを頼るとは」

「私はあなたに協力していましたが、仲間というわけではありません。勝手な仲間意識を抱かれても困ります」

「この落とし前、高くつくぞ」

「女に執着する男は醜いですよ、ノワール」

そう言うと、リリスは挑発するようにくすりと笑った。

「さてはあなた、モテないでしょう?」

「……っ!」

ノワールの眉間に青筋が浮かぶ。

「剣や魔法は効かなくとも、リリスの言葉は効いているようだな」

と俺が言うとノワールは不愉快そうに顔を歪《ゆが》める。

「リリスを使った計画は失敗したが。まだ手は残っている。俺がお前を始末し、影人形として操り、勇者の娘たちを葬り去る」

ノワールは黒いローブの中から双剣を取り出した。月光を浴びて、その鋭い二本の刃が冷たい輝きを放つ。

「まともに戦っても勝ち目がないから、リリスを利用したんだろう。一対一の今の状況で分があるとは思えないがな」

「お前は一人だが、こちらが一人とは限らない」

「援軍を呼ぶつもりか？　だが王都にはエトラの張った結界があるんだ。おいそれと侵攻することはできないぞ」

「空や陸は大賢者の結界で強固に守られている。しかし影を抜けて召喚される魔物たちを防ぐことはできないだろう」

ノワールは地面に手をつくと、能力を発動させる。

すると――。

足下を覆っていた影溜まりから次々に魔物が這《は》い出してきた。

影を通じて移動できるのは、ノワール本人だけではないらしい。配下の魔物たちも影を通して呼び出すことができるのか。

やられた。これならエトラの結界には引っかからない。

辺りには大量の魔物たちが蠢《うごめ》いていた。

俺たちは囲まれてしまう。

目視できるだけでも百体近くはいるだろうか。

「さすがにこれだけの数は想像していなかっただろう」

ノワールは俺の内心を見透かすように言った。

「対するお前はたった一人――それもリリスを守りながら戦わなければならない。サキュバスの戦闘能力は皆無だからな。

果たして、私の影の軍勢を前にどこまで守りきることができるか。まあ、精々あがいてみるといい」

俺の背後に控えていたリリスが言った。

「カイゼル。私のことは気にせず戦ってください」

「そうはいきません。俺はリリス様を守ると約束しましたから。あなたの身体には傷一つつけさせはしません」

「いつまでその余裕が持つか――見物だな！」

ノワールの指揮によって魔物の群れが襲い来る。

陣形も何もあったものじゃない。

束になってかかってきてくれるなら好都合だ。

一斉に襲いかかってきた魔物たちは次の瞬間、塵芥《じんかい》となって爆散していた。俺とリリスの立つ場所の周りが焦土と化している。

俺が爆発魔法を放ったからだ。

「なっ……！」

ノワールは目の前の光景に面食らっていた。

「百匹近い群れを一瞬で消し飛ばしてしまうとは……！　しかも詠唱破棄をした上でこれほどの威力を……！」

「雑魚がいくら束になろうと、大したことはない」

俺がそう言うと、ノワールは忌々しげに舌打ちをする。

「調子に乗るなよ……！　まだまだ戦いはこれからだ」

再び影から魔物たちを喚《よ》びだした。

「根比べというわけか。とことん付き合ってやろうじゃないか」

倒しても倒しても、魔物は無尽蔵に湧いてくる。

大本のノワールを攻めようにも、魔物の壁に阻まれて辿《たど》り着けない。

だったら、もろとも吹き飛ばしてやる。

俺は再び爆発魔法――ファイナルバーストを放とうとする。

詠唱破棄で発動させようとした時だった。

影から新たに飛び出してきた魔物が、リリスを狙おうとするのが見えた。

詠唱破棄をしているとは言え、魔法発動までの間には僅かな隙が生まれる。ノワールはそこを狙おうとしたのだろう。

俺が急いで庇《かば》おうとした時だった。

頭上から降りてきた人影が、リリスに向かってきた魔物を切って捨てた。大気を丸ごと切断しそうなほどの力強い剣戟《けんげき》。

「あなたは……」

「父上。リリス様。助太刀に参りました」

腰の辺りにまで伸びた髪。

騎士団の白銀の鎧《よろい》に身を包んでいる。

振り返ったエルザは、微笑《ほほえ》みを浮かべていた。

「エルザ、おかげで助かった」

「遅くなってすみません。敵に悟られないよう距離を取っていたものですから」

「いや、ナイスタイミングだ」

俺はそう言うと、

「他の娘たちも来てるのか」

「もちろん♪　ボクはいつもパパといっしょだからねー」

メリルが俺の背後からひょこりと現れる。

どこから出てきたんだ？

「パパ！　ここからなら魔物たちの動きが見渡せるから。後方支援は任せて！　バッチリ働いてみせるから」

すぐ傍《そば》にある王都をぐるりと囲む壁の上、そこにアンナの姿があった。俺たちに向かって手を振っている。頼もしい指揮官だ。

エルザはリリスを見やる。

「事情は父上から聞きました。私たちもあなたを守るのに協力します」

「……カイゼルから聞いたのなら、私がサキュバスだと知っているのでしょう？　なのになぜ手を貸そうとするのですか」

リリスがそう尋ねると、

「王都の人間を守るのが、騎士の仕事だからです」

エルザは迷いなく答えた。

「あなたが魔物の血を引いていようと、王都の住民であることに変わりはありません。私は騎士団長として職務を全うするだけです」

「リリスさん、この前ボクの大道芸を見に来てくれてたでしょ。お捻《ひね》りたくさんくれたからそのお返しだよ♪」

「メリルは現金ね」

とアンナが呆《あき》れる。

「まあ、私もフローシアル家に恩を売っておきたいって魂胆があるんだけど♪」

「仕方がないな、全く」

俺は苦笑すると、リリスに言った。

「皆、リリス様を王都の住民だと認めているんですよ。そして、これからも王都にいると信じて疑っていない」

「……では、無事に帰らないといけませんね」

「その通りです」

俺たちが話していた時だった。

「ちょっと、あんたたちだけでよろしくやってんじゃないわよ。脳汁が出るほど愉《たの》しそうなことにはあたしも交ぜなさい」

「最近はぬるい敵とばかり戦っていて、身体がなまっていたからな。これだけいれば少しは歯応えもあるだろう」

エトラとレジーナも加勢するために現れた。

「どうして二人がここに？　お前たちには何も話していなかったのに」

と俺は尋ねる。

娘たちとは違い、この二人には事情を話していなかった。そもそも俺とリリスの関わりすら知らないはずだ。

「大賢者に知らないことなんてないのよ」

エトラが不敵な笑みを浮かべると、リリスが口を開いた。

「……あなたたちは私を敵視していたはずです」

「ええ、そうね。でもあんた、結局カイゼルのこと落とせなかったんでしょ？　チャームを掛けることができてないし。

あたしは優しい人間だから。フラれた子には優しくしてあげることにしてるの。だから特別に力を貸してあげる」

「ホッとしたからだと正直に言えばいいだろう」

「ああん？」

エトラとレジーナは互いに睨み合う。

それを見たリリスはふっと微笑みを漏らした。

「……ありがとうございます。とても心強いです」

「何よ。やけに素直ね」

「だが、そう言われたら期待に応えなければな」

「見せてやるわ。あたしたちを敵に回すことの恐ろしさを！」

娘たちにエトラとレジーナが加わった今、たとえどんなに強大な相手が襲ってこようが負けることはなくなった。

王都最強のパーティが結成された。

喚びだした魔物の群れは、塵芥のように消し飛ばされる。

「くっ……！　これはさすがに敵《かな》わないか……！　仕方ない……！　ここは一旦引いて別の機を窺《うかが》うことにしよう」

敗北を悟ったノワールは、退散しようとする。

「――逃がすか！」

影に潜り込もうとする前に仕留めようと剣を振るう。放った突きはノワールの胴体を串刺しにして地面に縫い付けた。

「ぐうっ……!?」

潜り込む寸前のところで釘付《くぎづ》けにすることに成功する。

「これで逃げられないだろう」

「……だが、ずっとこうしていても埒《らち》があかないのは分かっているだろう。影である俺には剣も魔法も通じないのだから」

「いいや、そうでもない」

「何だと？」

俺は笑みを浮かべる。

「考えていたんだ。お前はどうして夜にしか密会しないのか。もちろん、夜は人気《ひとけ》がないからというのもあるだろうし、影が多いから動きやすいというのもあるだろう。だがリリス様は日中の方が動きやすいはずだ。ここに至るまでの道は夜目が利かないし、辿り着くのは圧倒的に昼間の方が楽なのは間違いない。

そこで考えたんだ。夜に邂逅《かいこう》するのは、お前の方に事情があるんじゃないかと。だから一つ仮説を試してみたい」

そこまで話すと、俺は振り返った。

王都の壁の向こうに広がる東の空——その果てがうっすらと明るみ始めていた。それを見たノワールの表情が引きつった。

「やはりそうだったみたいだな」

ノワールの強《こわ》ばった表情を見て、俺は確信を得た。

「影であるお前は、光に弱いんだ」

「くっ……！」

核心を突かれて顔を歪《ゆが》めるノワール。

必死にもがいて抜けだそうとするが、身体《からだ》の中心を剣で串刺しにされているから、自力では抜け出すことができない。

空の向こうからは朝が迫っていた。

光は王都の壁を越え、ノワールの下へと近づいてくる。

「や、やめろ！　やめてくれ！　俺が悪かった！　もう手出しはしない！　もちろんお前の娘たちにもだ！　約束する！」

「すまないな。俺はリリス様を守るとすでに約束してしまったから。これ以上、約束することはできないんだ」

俺はノワールを見下ろしながら、そう告げた。

見捨てられたノワールは絶望したような、怨恨のこめられた眼差《まなざ》しを向けてきたが、朝陽《あさひ》がすぐ傍に来ると怯《おび》えた顔になった。

「来るな……！　来るんじゃない……！」

「うあああああああああああああ!!」

降り注いだ朝陽を浴びたノワールは、全身から黒い煙を発していた。光に身を焼かれた奴《やつ》はやがて灰となって消えていった。

魔物たちも全て片付けると、辺りは元の静けさを取り戻す。

後に残ったのは俺たちだけだった。

「リリス様。お怪我《けが》はありませんか」

「……ええ」とリリスは呟《つぶや》いた。「これで全て終わったのですね」

「いいえ。これから始まるんですよ」

奴にとっては朝陽は終わりの合図だが、俺たちにとっては始まりの合図だ。じきに王都の人々も目覚め始める頃だろう。

「さあ、帰ろう。今日が待ってる」

エピローグ

ノワールを討ち倒した日から少し経《た》った後。

俺の家では打ち上げが行われていた。

レジーナとエトラが押しかけてきて強制的に開催されることになったのだ。

「うぃー。じゃんじゃん持ってきなさい！」

当のレジーナとエトラは酒宴の真っ最中で、すでに出来上がっていた。

「……あいつらは何かにかこつけて酒を飲みたいだけだな」

「まあ、たまにはいいんじゃない？」

アンナが頬杖《ほおづえ》をつきながら俺に言う。

「パパも羽目を外す時には外さないと疲れちゃうわよ」

「俺は特に根《こん》を詰めてるつもりはないんだがな」

「おいエルザ。酒を持ってきてくれ」

「は、はいっ」

レジーナに催促され、エルザが酒を運んでくる。

エルザはレジーナに打ち合いの稽古に付き合って貰《もら》うこともあるから、頭が上がらないのだろう。

王都の騎士団長がこき使われている光景は中々見られるものじゃない。

「よーし！　ここらでボクちゃんが盛り上げちゃうよ！　酔って上機嫌の皆からたくさんのお捻《ひね》りをゲットだ！　ね、ポーラちゃん」

「うう……余興をするためだけに呼ばれた……」

渋るポーラを促し、メリルは大道芸を始めた。

俺がその様子を微笑《ほほえ》ましく眺めていると、レジーナに声を掛けられた。

「それよりカイゼル。お前、婚活はどうなったんだ」

「ん？」

「そうよ。進捗を教えなさいよ」

エトラも乗ってくる。

「別にどうも。リリスが求婚してきた後はさっぱりだ。これまでと何ら変わらない暮らしを送らせて貰ってるよ」

あれ以来、てんで進展はない。

名乗り出てくる女性もいなければ、お近づきになれた相手もいない。

まあ俺はいい年の子持ちだし。それも当然だろう。

しかし、同じようなことを最近複数の女性から訊《き》かれている。やっぱり女性というのは他人の恋愛話が好きなのだろうか。

「そうよね。そうだと思ったわ」

「お前に求婚する物好きなどそういないだろうな」

エトラとレジーナは笑い飛ばしてくる。

しかし二人ともどこかホッとしているように見える。

独身仲間が減らなかったからか？

その時、来客を告げる呼び鈴が鳴り響いた。

「ん？　誰だろう」

玄関に向かった俺は、扉を開けたところで驚いた。

「リリス様じゃないですか。お久しぶりです」

そこにいたのはリリスだった。純白のドレスに身を包んでいる。

「お久しぶりです、カイゼル。変わりありませんか」

「ええ。リリス様もお元気そうで何よりです」

俺は尋ねた。

「それで、今日はどうされたのですか？」

「デートの誘いに来たのです」

「デートですか」と俺は言った。「……え？　デート？」

「はい」

「待ってください。もうノワールは討ったはずですが」

「計画は終わりました。ですが、私はあなたに惚《ほ》れてしまいましたから。今は自らの意思でアプローチをしています」


「「え!?」」


俺が口にするよりも早く、背後から声が聞こえた。

振り返るとそこにはエルザやアンナやメリル、それにエトラやレジーナがこちらの様子をこっそりと窺《うかが》っているのが見えた。

「リリスさん!?　話が違いますよ!?」

「そうよ！　嘘《うそ》だって分かったから協力してあげたのに！」

「パパと結婚するのはボクだもん！　抜け駆け禁止！」

「そうよ！　あたしの安心を返しなさいよ！」

「先ほどの言葉、取り消せ！」

女性陣からの非難の嵐。

しかしリリスはそれを涼しい顔で受け止めると、

「私は誰にも負けるつもりはありません。今度こそカイゼルを落としてみせます。――私自身の幸せを摑《つか》むためにも」

女性陣に対して宣戦布告を繰り出した。

そして、リリスは俺の方にゆっくりと向き直る。唇に指をあてると、ぱちんと蠱惑《こわく》的なウインクをしながら言った。

「だからカイゼル――覚悟しておいてくださいね？」

そう楽しげに微笑むリリスは、とても美しかった。

あとがき

初めまして。あるいはお久しぶりです。友橋《ともばし》かめつです。

今回は婚活回でした。

カイゼルが婚活を始めたことを知った女性陣がどんな反応をするのか——みたいなことを書いてみたかったのがきっかけでした。

ところで読者の皆さんは婚活とかしたことありますか？

僕はありません。

婚活、めっちゃ怖そうなイメージがあるので……。

ああいう場で話すとなると、会話の糸口として『お仕事何されてるんですか？』と質問されることがあると思います。

真っ当な勤め人であればそこから話も弾むのかもしれませんが、僕は真っ当な勤め人ではないので困ってしまいます。

専業のラノベ作家、実質ニートみたいなものですからね。

十五歳から三十四歳までの家事・通学・就業をせず、職業訓練も受けていない者という定義からすると余裕で当て嵌《は》まってます。

また婚活だと年収的なところも大事になってくると思うのですが、その点でもラノベ作家は結構厳しいものがあると思います。

以前、ラノベ作家の平均年収が８０００万円というテレビ番組の切り抜きがツイッターで話題になっていて、ラノベ作家の方々がこぞってツッコミを入れたり、大喜利ツイートをされていたということがありました。

その後、どなたかが、ラノベ作家の平均年収なんて２００万くらいじゃないのとツイートされていましたが、それにはラノベ作家たちは反応していませんでした。何故《なぜ》なのでしょうか？　恐らくはそれが真実だからです（白目）。

何なら２００万でも結構貰《もら》ってる方に入ると思います。ラノベ作家の仕事だけで２００万を越えようと思うと、体感ですが相当しんどいです。そもそもその額を頂こうとすれば年に数冊は出さないといけないのですが、昨今は１～２巻での早期打ち切りも多く、そうなると２００万を越えるのは至難の業だと思います。

そして来年には仕事ゼロになっている可能性も全然ある。

これじゃ結婚なんて出来ないよー！

まあ僕の場合は、他に出来そうな仕事もないんですが……。

僕はかつてコンビニバイトをしていた時、「君、仕事出来なすぎじゃない……？」と同じシフトの先輩に畏怖の念を抱かせてしまった経験があります。

また二、三年前に葬儀屋の電話番のバイトをしていた時、指導役の六十歳を越えたお爺《じい》さんに「この年まで生きてきたが、こんなに覚えが悪い子は初めて見た……」と戦慄させてしまった経験もあります。

だから世の中の働いてる人、全員尊敬しています。皆さん、凄《すご》すぎ。


以下、謝辞となります。

編集のHさん、今回もありがとうございました。

希望《のぞみ》つばめさん。素敵なイラスト、ありがとうございます！　毎回、イラスト上がってくる度にニヤニヤしております。

また出版に至るまでに関わってくれた皆様、ありがとうございます。

何より、読者の方々に一番の感謝を。

少しでも楽しんでいただけたなら、これに勝る喜びはありません。

ではまた。

作品のご感想、
ファンレターをお待ちしています

あて先

〒141-0031
東京都品川区西五反田 8-1-5 五反田光和ビル4階
オーバーラップ文庫編集部
「友橋かめつ」先生係／「希望つばめ」先生係

OVERLAP

Sランク冒険者である俺の娘たちは
重度のファザコンでした 4

発　行　2022年4月25日　初版第一刷発行

著　者　友橋かめつ
発行者　永田勝治
発行所　株式会社オーバーラップ
〒141-0031　東京都品川区西五反田8-1-5
校正・DTP　株式会社鷗来堂
印刷・製本　大日本印刷株式会社

Printed in Japan　ISBN 978-4-8240-0156-6 C0193

オーバーラップ文庫
カメラ先輩と世話焼き上手な後輩ちゃん
Camera - Senpai to Sewayaki Iyouzu na Kouhai - Chan
第8回オーバーラップ文庫大賞
銀賞
「わたしを撮ってくれますか……？先輩♥」
天才的な撮影技術を持つがおっぱいを撮ることにしか興味がない高校生・神崎彩人。
究極の美「おっぱい写真」を撮ることが目標の彩人は、後輩で助手の白宮雪希とともに、理想のおっぱいを持つかもしれない美少女に次々と声をかけていくのだが――!?
著 美月 麗　イラスト るみこ
シリーズ好評発売中!!

オーバーラップ文庫
一生働きたくない俺が、クラスメイトの大人気アイドルに懐かれたら
第7回
オーバーラップ
WEB小説大賞
金賞
「同級生で大人気アイドルな彼女との、
むずむず&ドキドキ必至な半同棲ラブコメ。」
専業主夫を目指す高校生・志藤凛太郎はある日、同級生であり人気アイドルの乙咲玲が空腹で倒れかける場面に遭遇する。そんな玲を助け、手料理を振る舞ったところ、それから玲は凛太郎の家に押しかけるように!? 大人気アイドルとのドキドキ必至な半同棲ラブコメ。
著 岸本和葉　イラスト みわべさくら
シリーズ好評発売中!!

オーバーラップ文庫
ネトゲの嫁が人気アイドルだった
～クール系の彼女は現実でも嫁のつもりでいる～
My wife in the web game is a popular idol.
「私たちは恋人じゃないわ。——夫婦よ」
「えっ?!」
[同級生のアイドルはネトゲの嫁だった!?
悶絶必至の青春ラブコメ!]
ごく平凡な男子高校生の俺・綾小路和斗には嫁がいる——ただしネトゲの。今日もそんなネトゲの嫁とゲームをしていたら、『私、水樹凜香』ひょんなことから彼女が、憧れだった人気アイドルだと発覚し!? クールでちょっと愛が重い『嫁』と過ごす青春ラブコメ!
著 あボーン イラスト 館田ダン
シリーズ好評発売中!!

オーバーラップ文庫
Reincarnation to the World of
"ERO-GE"
エロゲ転生
運命に抗う金豚貴族の奮闘記
絶望と最強の兆しを手に、
少年は超大作エロゲの
世界を生きる——!
どうあがいてもラストは「死」で幕を閉じる嫌われ者レオルド。そんなエロゲキャラに
転生してしまった俺は、ゲーム知識を駆使して死の運命に抗うことを心に誓う! ……
のだが、ゲームでは攻略不可だったヒロインたちが、俺の周りに集まりはじめ……?
著 名無しの権兵衛 イラスト 星夕
シリーズ好評発売中!!

オーバーラップ文庫
友人キャラの俺がモテまくるわけないだろ?
YUJINCHARA NO ORE GA MOTEMAKURU WAKENAIDARO?
WEB発
王道ラブコメ
コミカライズ決定!
『友人キャラ』がおくる
すんなりいかない学園ラブコメ!
目つきの悪さから不良のレッテルを貼られた友木優児には、完璧超人な『主人公キャラ』池春馬以外誰も近寄らない。そんな優児が、ある日突然告白されてしまい!? しかも相手は春馬の妹でカースト最上位の美少女・池冬華。そんな冬華との青春ラブコメが始ま……るかと思いきや、優児はあくまで春馬の『友人キャラ』に徹しており……?
著 世界一 イラスト 長部トム
シリーズ好評発売中!!

第10回 オーバーラップ文庫大賞
原稿募集中！
イラスト：冬ゆき
キミが物語の王様
【賞金】
大賞…300万円
（3巻刊行確約＋コミカライズ確約）
金賞……100万円
（3巻刊行確約）
銀賞………30万円
（2巻刊行確約）
佳作………10万円
【締め切り】
第1ターン 2022年6月末日
第2ターン 2022年12月末日
各ターンの締め切り後4ヶ月以内に佳作を発表。通期で佳作に選出された作品の中から、「大賞」、「金賞」、「銀賞」を選出します。
投稿はオンラインで！ 結果も評価シートもサイトをチェック！
https://over-lap.co.jp/bunko/award/
〈オーバーラップ文庫大賞オンライン〉
※最新情報および応募詳細については上記サイトをご覧ください。
※紙での応募受付は行っておりません。